나는 왜
제대로
못 읽을까

일러두기

1. 이 책에서는 단편소설은 '단편'으로, 장편소설은 '장편'으로 표기하였습니다.
2. 단편은 〈 〉, 장편은 《 》, 영화 제목, 보고서 등은 「 」로 표기하였습니다.

나는 왜 제대로 못 읽을까

나예 지음

나예 작가는 오랜 시간 꾸준히 읽어온 자기만의 독서 경험을 바탕으로 문해력을 키워 읽는 기쁨을 함께 누려보자 말한다. 책보다 재미있는 콘텐츠가 가득하고, 바쁘디 바쁜 현대사회를 살며 읽지 못하는 이들에게 '단편'이라는 기꺼이 가능한 방법을 제안한다. 책방을 하면서 가장 어려운 일 중 하나가 '책을 잘 읽지 못하는' 이를 위해 책을 추천하는 일이다. 도대체 얼마나 재밌는 책을 권해야 읽게 만들 수 있을까! 장담컨대 이 책이 앞으로 이 문제의 해결 '책'이 되리라 생각한다. 이야기를 읽는 재미를 발견하는 친절하고 유용한 지도가 되어줄 테니까.

유지현 _책방 사춘기 대표

글을 읽어도 무슨 뜻인지 모르는 실질 문맹률이 75%에 달하는 대한민국. 정보 습득 방법의 변화와 읽기 경험의 부족이 이유일 수 있겠다. 성적, 정서, 의사소통에도 문제를 일으키는 문해력 저하. 그 해결책은? 역시나 읽기! 그 시작을 재미있는 단편으로 하는 건 어떨까? 나예 작가가 추천하는 단편과 활용법까지 아낌없이 담아낸 이 책으로 시작해도 좋겠다. 그녀의 해박한 지식에 놀라고 재미와 깊이에 놀랄 것이다.

혜진 _북인플루언서

강연 때 청중들에게 이렇게 물어본다. “책 한 권 읽고나면 무엇이 남나요?” 대체로 답변을 하지 못한다. 난처해하는 청중들에게 이렇게 농담을 던진다. “아주 중요한 게 남아요.” 호기심으로 눈빛이 반짝거린다. “뿌듯함이요.” 한바탕 폭소가 터진다. 맞다. 고생스럽게 책을 읽지만 딱히 남는 게 없는 것이 우리 문해력의 현실이다. 나예 작가의 《나는 왜 제대로 못 읽을까》는 이 현실에 발을 디디면서 지혜로운 독서법을 제시한다. 소화하기 쉬운 단편을 읽을 것, 관심이 가고 흥미로운 글을 가까이 할 것, 문해력을 키우기 위해 글을 좁고 깊게 읽을 것. 작가의 독서모임 운영 경험이 벼려낸 내공이 느껴진다. 예시로 제시된 다채로운 단편의 스토리를 따라가는 것만으로도 즐겁다. 이제 독서를 통해 ‘뿌듯함’ 이상의 무언가를 얻을 수 있다는 자신감이 생긴다.

백승권 _글쓰기 강사 / tvN 유퀴즈온더블럭 ‘문서의 신’ 편 출연

차례

프롤로그

이야기 읽는 재미를 느껴보자

지금까지 수도 없이 많은 책을, 단편을 읽었다. 그 책들은 나에게 어떤 영향을 주었을까? 그 책들은 과연 나를 이루는 조각이 되었을까? 조각이 되었다면 어떤 부분에 들어맞는 어떤 조각이 되었을까?

그간 시장에 매일같이 쏟아져 나오는 수많은 자기계발서를 보며 그다지 공감하지 못했다. 끊임없이 뭔가를 배우고 공부하고 애쓰면서 살아야 하는 와중에 책조차 공부하는 자세로 읽고, 마치 노동처럼 의무적으로 해내야 하는 과업 중 하나의 자리에 둬야 하는 것이 싫었다. 개개인이 처한 상황은 모두 다른데, 책에서 하라는 대로 한다고 그게 내 경우에도 꼭 들어맞는 건 아니라고 생각했고 내 상황은 나 스스로 해결할 수 있다는 알량한 자존심도 있었다.

여전히 나에게 책은 하나의 취미이자 놀이이다. "그만 놀아! 공부해!"라는 엄마의 잔소리에서 도매급으로 폄하되는 그런 놀이가 아니라는 차이는 있겠지만, 뭐가 됐든 분명한 것은 나는 책을 재미로 본다는 것이다. 가끔 아주 재미없는 책을 읽게 되면 돈 아깝다는 생각은 할지언정, 책을 두고 배울 게 없다는 생각은 해본 적 없다. 세상 모든 것을 배움, 더 나아가 가성비 있는 배움으로 보는 것은 몹시 피곤할 수밖에 없다. 그럼에도 책들은 내 안에서 끊임없이 쌓여 무언가가 되었다. 그러려고 의도하고 읽은 것은 아니지만 읽다 보니 저절로 그렇게 되었다. "정신없이 놀다 보니 저절로 공부가 되었어요!" 정도랄까.

나는 책을 통해 얻은 가장 큰 자산은 맥락을 읽는 힘이라고 생각한다. 쉽게 말하면 눈치고, 교양 있게 정리하면 문해력이다. 문해력이란 글 자체의 표면적인 의미를 일차적으로 파악하고 나아가 그 이면에 숨겨진 의도를 포착하는 것이다. 다양한 맥락을 고려하고 이를 정확한 추론으로까지 연결시키는 능력 또한 포함된다. 단순히 글을 읽을 수 있느냐 없느냐와는 차원이 다른 개념이다. 험한 세상을 스스로의 힘으로 살아가야 할 내 아이에게 가장 잘 알려주고 싶은 능력 중 하나기도 하다. 나는 지식이 백과사전급이어도 맥락과 분위기를 파악하지 못하면 그 삶은 그다지 행복하지 못할 수도 있다고 생각하기 때문이다.

하지만 책을 읽는 행위가 단기간에 문해력을 급상승시켜주는 족집게 과외는 절대 아니다. 오늘 당장 시작하자고 말할 수는 있지만 그렇다고 2주 안에 문해력 완성이 가능하다고는 절대 말할 수 없다. 문해력은 오랜 시간에 걸쳐 다양한 글을 읽으면서 조금씩 키울 수 있는 능력이다. 특별한 비법이 없고 왕도가 없다. 그럼 성인은 너무 늦지 않았냐고? 절대 아니다. 오늘의 나보다 내일의 내가 눈곱만큼이라도 나아진다면, 그것이야말로 삶을 살아가는 데 커다란 힘이 되어주는 것 아닐까. 더군다나 나는 엄마이고, 내 아이에게 전방위적으로 영향을 주는 '인플루언서'이기 때문에 내가 조금이라도 더 나은 사람이 되는 것이 곧 내 아이를 위한 일이라는 믿음도 있다.

일단 나를 위해 읽는다, 나만을 위한 시간을 낸다는 것은 자기계발의 기본이다. 누군가는 책을 읽을 때 그 책이 담고 있는 지식에 초점을 둘 것이고 누군가는 재미에 초점을 두겠지만 뭐가 됐든 읽는 과정에서 문해력은 조금씩 자라난다. 어쩌면 나는 자기계발에 관심이 없다고 말하면서도 사실은 아주 오랜 기간 꾸준히 자기계발을 해왔는지도 모른다.

그럼 무엇을 읽으면 좋을까? 우선은 짧은 이야기, 그중에서도 단편을 읽는 것을 권한다. 매일매일 회사를 다니고 남편과 아이와 반려동물과 반려식물들을 돌보고 집안 살림을 꾸리는, 이 모든 일들을 숨가쁘게 병행하면서 온전히 책 읽기만을 위해 긴 시간을 빼기는 힘드니, 짧게 집중해서 후다닥 읽고 결론까지 볼 수 있는 짧은 이야기가 좋다. 특히 내 경우엔 아이가 태어난 후로 진득하게 앉아 책을 읽을 시간이 단 1분도 없는 게 현실이다. 아이가 밤잠에 들고, 이른바 '육퇴'를 하고 나면 드디어 나만의 시간이 생긴다고들 하던데 우리 집 아이는 잠드는 시간이 12시, 이미 새로운 하루가 시작되는 시점이다. 늦게 자는 건지 일찍 자는 건지 모르겠는 수준인 시각에 뭔가를 본격적으로 시작했다간 다음 날 출근에 지장이 있을 수밖에 없기에, 침대에 누워 아주 잠깐 책을 읽다 기절하는 것이 지난 3년 동안 나의 책 읽기 루틴이었다.

이런 방식의 책 읽기에 장편은 결코 어울리지 않는다. 잠깐씩 짬을 내는 자투리 독서로 책 한 권을 읽다 보면 어쩔 도리 없이 앞의 이야기를 자꾸만 잊어버린다. 특히 대하드라마처럼 수많은 인물이 쏟아져 나오는 경우엔 말 그대로 머릿속이 아득해진다. 특히 그 이름이 러시아식 이름일 땐 더욱 그렇다. 아젤라이다 이바노브나 미우소바, 카체리나 이바노브나 베르호브체바 같은 인물들이 등장하기 시작하면 이바노브나가 아까도 있지 않았나? 아니었나? 근데 아그라페나 알렉산드로브나 스베틀로바? 이 사람은 누구였더라? 하는 일이 무한 반복된다. 매일 밤 다시 앞으로 돌아가 이 사람이 누구였더라, 어디 나왔었더라? 하며 이름만 찾다 끝나버리는 일이 다반사다. 《수학의 정석》에서 집합 부분만 새카매졌던 과오를 이 나이가 되어서도 반복하는 꼴이다.

역시 가장 좋은 방식은 그날 읽기 시작한 이야기는 그날 끝내고 깔끔하게 잠드는 쪽이다. 다시 말해 단편 한두 개 읽고 자기다. "문학 작품은 독자가 앉은 자리에서 다 읽을 수 있을 정도로 짧아야 한다"고 에드거 앨런 포(Edgar Allan Poe, 1809~1849)도 말하지 않았던가! 바쁜 일상 속에서도 꾸준히 책 읽기를 통해 자기계발을 해온 내가 단편 덕후가 된 데는 이러한 애달픈 사연이 있다.

그렇다면 짧은 이야기 중에서도 왜 하필이면 단편일까? 그건 역시 재미 때문이다. 재미라는 것은 다분히 주관적일 수밖에 없지만 일반적으로 스토리 자체의 재미를 추구한다면 소설만 한 것이 없다. 사람 사는 이야기 이상으로 재미난 이야기가 세상에 있을 수 있을까? 내가 아주 오래도록, 읽기를 지속할 수 있었던 힘은 바로 재미에 있다. '천재는 열심히 하는 사람을 이기지 못하고 열심히 하는 사람은 즐기는 사람을 이기지 못한다'는 말이 괜히 있는 것이 아니다. 재미없는 것을 꾸역꾸역 참아내며 읽는다고 문해력이 더 많이 길러지는 것은 절대 아니다.

"그렇다면 나도 잠깐 시간을 내어 단편에 도전해볼까? 뭐부터 시작하지?" 싶은 분들에게는 러시아 단편을 추천해 본다. 내 기준, 러시아 문학의 장점은 바로 '다양성'이다. 러시아에는 엄청나게 넓은 땅덩이와 그만큼 다양한 사람들, 그리고 거기에서 비롯되는 한층 더 다양한 이야기가 있다. 문해력의 핵심은 다양한 맥락을 이해하는 것인데 이를 위해서는 직접적이든 간접적이든 다양한 입장이 되어보고 다양한 일을 겪어봐야 한다. 그 사람의 신발을 직접 신어보는 것이 가장 효과적이긴 하겠지만 매번 그렇게 할 수는 없고 우리에겐 책이 있으니 굳이 그렇게 할 이유도 없다.

초심자에게 러시아 단편을 권하는 이유는 또 있다. 다양한 듯하면서도 그 안을 관통하는 유사한 정신이 있어서 문해력이 아직은 조금 부족한 이들이 읽어도 비교적 파악이 쉽기 때문이다. 심지어 그 메시지가 훌륭하기까지 하다. 그건 바로 '최선을 다하지만 어쩔 수 없는 것은 어쩔 수 없다'는 정신이다. 이건 비관주의나 염세주의와는 결이 다르다. '복세편살(복잡한 세상 편하게 살자)'과도 약간 다르다. 톨스토이(Lev Tolstoy, 1828~1910)의 단편 중 〈사람에겐 얼마만큼의 땅이 필요한가〉를 기억하는 분들이 있을 것이다. 더 넓은 땅을 갖고 싶은 욕심 때문에 하루 종일 걷던 주인공 빠홈이 끝내 심장이 터져 죽음을 맞고, 결국 그에게는 관짝 하나가 묻힐 정도의 땅만 필요했다는 이야기다.

그런데 빠홈이 사실은 '과도한 욕심을 부릴 필요는 없어. 이 정도면 충분하니 서둘러 돌아가자'라는 생각으로 중간에 출발점으로 되돌아갔다는 점도 함께 기억하고 있을까? 빠홈은 해가 지는 속도와 거리를 치밀하게 계산하는 이성을 바탕으로 최선을 다해 추잡하지 않게 행동했다. 그런데도 왜 죽은 것인지를 반문한다면 나는 그건 애당초 인간이 악마를 이길 수 없기 때문이라고 대답하겠다. 이미 처음부터 승패가 정해진 게임이었던 것이다. 승패가 정해졌다 한들 끝까지 포기하지 않고 뛰는 이들에게 우리는 "졌잘싸(졌지만 잘 싸웠다.)"를 외치며 격려의 박수를 보내지 않는가. 나는 이 이야기의 방점은 "졌잘싸"에 있다고 생각한다.

많은 러시아 문학 속의 주인공들은 어차피 안 될 상황 속에서도 최선을 다해 인간의 기품을 지킨다. "우리가 돈이 없지 가오가 없냐?" 하던 누군가의 대사가 절로 떠오른다. 이 정도면 저승에 가서도 항변할 수준은 된다. 이런 이야기를 다룬 단편도 물론 있다. 블라디미르 코롤렌코(Vladimir Galaktionovich Korolenko, 1853~1921)의 〈마까르의 꿈〉이다. 농부 마까르는 죽음을 맞아 심판자인 신 앞에 서게 된다. 마까르의 장부를 들춰보며 죄의 무게를 가늠한 신은 그에게 무거운 형벌을 내리려 한다. 하지만 마까르는 항변한다. 평생을 권력자와 성직자들의 등쌀에 시달리며 산 것, 아내가 죽고 아들이 강제로 징병에 끌려나가 실종된 상황에서도 공납을 위해 계속 일을 해야 했고 가난과 배고픔과 추위와 더위와 홍수와 가뭄 속에서 일을 하면 할수록 점점 더 죄를 짓게 되는 현실. 결국 신은 마까르의 일생을 돌아보며 측은한 마음에 눈물을 흘리고야 만다.

이 과정 중에는 마까르가 자신이 평생에 걸쳐 마신 보드카 400병에 대해 죗값을 치르는 것이 부당하다고 주장하는 장면도 있다. 그 보드카 대부분은 업자들이 물을 탄 것이고 심지어는 담배를 우린 물로 만든 가짜도 있으니 그 계산에서 300병은 빼야 한다는 주장에 신은 악덕 업자들의 행태에 분노하며 수긍한다. 담배물 보드카라니, 천벌을 받을 놈들은 그놈들 아닌가!

짧은 시간 동안 가벼운 마음으로 읽을 수 있다고 해서 함의된 내용조차 가볍다고 생각하지는 않는다. 단편이란 하나의 양식일 뿐, 이야기 자체는 가벼운 이야기도 있을 수 있고 무거운 이야기도 있을 수 있다. 뭐가 됐든 좋다. 가벼운 이야기든 무거운 이야기든 일단 읽자. 함의된 내용을 알아채는 것이야말로 찐 문해력이라 할 수 있겠지만, 우선은 재미만 느껴도 충분하다. 일단 이야기의 재미를 느끼는 것부터 시작해보자.

Read the Book!

- 레프 니콜라예비치 톨스토이 외 지음, 양장선 옮김, 〈사람에겐 땅이 얼마나 필요한가〉, 《러시아 단편소설 걸작선》, 행복한책읽기, 2010
- 블라디미르 갈락티오노비치 코롤렌코 외 지음, 양장선 옮김, 〈마까르의 꿈〉, 《러시아 단편소설 걸작선》, 행복한책읽기, 2010

BASIC

단편으로
키우는
문해력

상상력과 공감력을
키우는 읽기

꽤 많은 사람들이 단편을 장편으로 가는 징검다리, 또는 장편으로 향하는 길목 어디 즈음으로 평가한다. 단편 그 자체로는 아무것도 아닌 것으로 보기도 한다. 단편이 이런 평가를 받는 데는 명칭 탓도 있다. 영어권에서 장편은 novel, 단편은 short story라는 완전히 다른 명칭으로 불리며 별개의 장르로 취급한다. 물론 그 동네도 어느 정도 단편을 낮춰 보는 경향이 있기는 하지만, 일단 short novel이 아니기 때문에 novel을 평가하는 잣대로 short story를 보지는 않는다.

이런 명칭은 또 다른 혼선을 야기한다. 단편이라고 하면 마치 소설 중에서 길이가 짧은 것이 단편인 것처럼 생각하기가 쉽다는 것이다. 일반적으로 소설은 장편이 기본이고 발단, 전개, 위기, 절정, 결말이라는 5단계를 따라 흐른다. 인물과 사건과 배경이 반드시 있어야 한다. 그런데 이런 기준으로 단편을 보면 몹시 아리송해진다. 어떤 이야기는 시종일관 벽에 뚫린 구멍만을 묘사하다 끝나고(버지니아 울프, 〈벽의 자국(The Mark on the Wall)〉), 어떤 이야기는 직장인의 지긋지긋한 출근길과 간단히 때울 수 있는 아침 식사에 대한 얘기(김금희, 〈그의 에그머핀 2분의 1〉)를 줄줄이 늘어놓는다. 굳이 기승전결을 따지자면 기기기결인 경우도 있다. 기기기결은 그나마 양반. 기기기기인 것 같은 경우도 태반이다. 화자의 시선이나 의식의 흐름을 조용히 따라간다는 점에서 단편은 때론 수필을 닮았고, 응축적이고 예술적이라는 면에서는 시를 닮았다. 뭐가 됐든 우리가 잘 알고 있는 소설과는 다소 거리가 있는 장르다.

나는 이런 유형의 단편 중에선 케이트 쇼팽(Kate Chopin, 1850~1904)의 〈실크 스타킹 한 켤레(A Pair of Silk Stockings)〉라는 작품을 좋아한다. 생각지도 못한 여윳돈 15달러가 생긴 서머스 부인은 간만에 백화점으로 나간다. '아이들의 신발을 살까' '아이들에게 셔츠를 만들어줄 좋은 천을 살까' '아니면 딸을 위한 원피스는 어떨까' '원피스를 입으려면 긴 양말도 필요하겠지' 하며 이런저런 생각을 하는 서머스 부인. 그런데 무심결에 가판대에 손을 얹었다가 실크 스타킹의 감촉에 반해 이를 덜컥 사버리고 만다. 실크 스타킹으로 갈아신은 그녀는 스타킹에 어울리는 부츠를, 장갑을 연이어 사고 젊은 시절에 즐겨 보았던 잡지도 한 권 산다. 그리고 길모퉁이의 식당에서 혼자 멋진 식사를 하고 연극까지 한 편 관람한다. 집으로 돌아갈 시간, 그녀는 전차에 오르며 이 전차가 부디 멈추지 말고 그저 계속해서 끝도 없이 어딘가로

가주기를 바란다.

실크 스타킹 한 켤레에서 비롯된 그날의 작은 일탈. 화자는 조용히 서머스 부인의 뒤를 좇는다. '위기'라면 서머스 부인이 부디 전차가 멈추지 않기를 바라는 그 부분 정도일까? 하지만 이 지점은 이미 '결말'이다. 그리고 앞서 일탈이라고 표현은 했지만 사실은 일탈이라고도 할 수 없을 수준의, 사건이라고 하기도 민망한 수준이다. 전차가 멈추지 않기를 바라기는 하지만 적극적으로 야반도주를 시도하는 것도 아니다. 스타킹 한 켤레 정도 사는 게 뭔 대수겠는가! 스타킹을 훔친다고 해도 대수롭지 않을 판에…. 일반적인 소설을 보는 기준으로는 이 이야기를 판가름하기가 어려운 게 사실이다.

그럼에도 서머스 부인의 이야기가 가슴 한구석을 깊이 찌르는 것은 왜일까? 그건 직접적으로 기술되어 있지 않아도 우리 모두가 잘 알고 있기 때문이다. 그녀는 두 팔 벌려 그녀를 환영할 일상 속으로 돌아갈 것이고 이날의 일탈은 그저 하루의 꿈이었다는 것을. 하지만 우리는 또 안다. 이날 그녀의 일탈은 단순한 과소비가 아니라는 것을. 그간 가족과 아이들에게로만 향해 있던 시선을 이제 그녀 본인에게도 향하기 시작했기에, 이후 그녀의 삶은 분명 이전과는 달라질 것이라는 걸 말이다.

단편을 읽는 재미는 여기에 있다. 직접적으로 쓰이지 않은 것에 대한 즐거운 상상 속에 말이다. 맥락을 파악하는 능력, 문해력은 그저 빠른 눈치에만 기반하는 것이 아니다. 상상력 또한 필요하다. 상상력은 터무니없는 공상이나 망상이 아니라, 말로 설명할 길 없고 눈에 보이지 않는 것에 다가갈 수 있는 방법이다. 어떤 문제에 맞닥뜨렸을 때 해결책을 이리저리 생각하며 아이디어를 내는 것 또한 모두 상상력에서 기반한다. 상상력이 공상이나 망상 그 이상의 것이 되려면 기저에는 공감 능력이 있어야 한다. 그 상황에 처한 사람의 입장이 되어보고, 그 사람의 생각과 느낌을 헤아려보는 것, 언어적 커뮤니케이션에서 비언어적 커뮤니케이션에 이르기까지 전방위적인 범위에서 상대의 마음을 읽고 파악할 수 있어야 공감이 가능해진다. 이 개념은 일상 속에서는 '공감'이라 부르고 책 읽기에 있어서는 '몰입'이라 부를 수 있다.

시각적인 콘텐츠가 넘쳐나는 세상에서 상상력이 설 자리는 점차 좁아지고 있지만 책 읽기는 상상력의 시계를 기꺼이 거꾸로 돌려준다. 어쩌면 내가 〈실크 스타킹 한 켤레〉

를 읽고 상상한 뒷이야기들은 서머스 부인의 입장에 극도로 몰입한 것과 더불어 나의 내면에 유사한 마음이 있었기 때문일 수도 있다. 뭐가 됐든 이 이야기를 읽기 전과 읽은 후의 나는 분명 달라졌다. 나는 내 시선을 조금 더 내 쪽으로 돌릴 수 있는 사람이 된 것이다.

내가 기억하는 나의 첫 단편은 오 헨리(O. Henry, 1862~1910)의 작품이었다. 초등학생 시절이었다. 당시 〈마지막 잎새(The Last Leaf)〉를 본 나의 감상은 단출했다. "어쩌라고? 죽었잖아ㅠㅠ(ㅠㅠ가 반드시 필요하다.)"였다. 이게 전부였다. 〈크리스마스 선물(The Gift of the Magi)〉도 유사한 감상을 불러 일으켰다. 머리는 다시 자라니까 머리핀은 나중에라도 쓸 수 있지만 시계는 팔아서 없어졌는데 시곗줄이 대체 무슨 소용인가! 지금 돌아보면 웃기고 깜찍한 감상이었던 듯한데 아무튼 이전의 나 또한 겪어봤기에, 단편에 익숙하지 않은 꽤 많은 이들이 단편을 접하고 내뱉을 첫 감상이 "어쩌라고?"인 것도 잘 안다. 꼭 오 헨리의 〈마지막 잎새〉나 〈크리스마스 선물〉이 아니더라도 말이다.

이 '어쩌라고?'를 '어쩌라고?'로 끝나지 않게 하려면 그 이야기 뒤에 있는 것을 볼 수 있어야 한다. '어쩌라고?'를 '불

쌍하다'로 구체화하고, '그래도 어떻게든 서로의 선물을 챙길 만큼의 사랑이 있으니 외롭지는 않겠구나'를 덧붙여보고, 두 사람이 마주 앉아 있을 방 안의 남루한 풍경을 눈앞에 떠올려보아야 제대로 공감과 몰입을 했다고 말할 수 있다. 여전히 막연하고 감이 잘 오지 않는가? 그렇다면 단편이 한 장의 스냅사진이라면 진짜 사람은, 그리고 진짜 삶은 그 사진의 바깥에 있음을 상기해보자. 우리의 일상 하나하나가 모두 단편이고 우리 모두는 단편에 등장하는 인물들이라고 생각하는 것도 좋겠다.

Read the Book!

- 케이트 쇼팽 외 지음, 정소영 옮김, 〈실크 스타킹 한 켤레〉, 《실크 스타킹 한 켤레》, 문학동네, 2021
- 버지니아 울프 외 지음, 정소영 옮김, 〈벽의 자국〉, 《실크 스타킹 한 켤레》, 문학동네, 2021
- 오 헨리 지음, 고정아 옮김, 〈마지막 잎새〉 〈동방박사의 선물〉, 《오 헨리》, 현대문학, 2014
- 김금희 지음, 〈그의 에그머핀 2분의 1〉, 《나는 그것에 대해 아주 오랫동안 생각해》, 마음산책, 2018

Level up **단편 추천하기**

가장 친한 친구에게 단편을 하나 선물한다면 어떤 작품을 고르는 것이 좋을까요? 친구가 좋아할 만한 작품을 고르려면 어떻게 해야 할지 고민하는 것은 필수입니다. 단, 내 친구에 대한 이해를 바탕으로 '내 친구는 어떤 작품에 공감하며 재미를 느낄까?'를 고민하는 것이 중요하므로 직접 물어보는 것은 반칙이에요.

하브루타로
보이지 않는
부분까지 읽기

단골 서점에서 이런 이야기를 들은 적이 있다. 책깨나 읽는 사람 중에도 단편을 읽지 못하는 사람이 생각보다 많다는 것이다. 어떻게 그럴 수 있냐고, 500쪽에 달하는 벽돌 같은 장편을 척척 완독해내는 사람들이 훨씬 짧은 이야기를 못 읽을 이유가 뭐냐고 반문해보니, 장편은 인물이나 배경에 대한 설명이 착실하기 때문에 일단 텍스트 위주로 따라만 가면 총체적으로 이해하고 공감할 수 있는 반면, 단편은 그렇지 못한 경우가 많다는 것이다. 이런 비유가 적절할지 모르겠지만 넓고 얕은 것과 좁고 깊은 것의 대조랄까? 혹은 친절한 이야기와 불친절한 이야기의 차이랄까?

확실히 단편은 하나의 완결된 이야기보다 사건이 흘러가는 장면 하나를 보여주는 경우가 많다. 소설을 우리 삶의 이야기라고 본다면, 삶이 언제나 하나의 완결된 이야기로 보여지는 것은 아니기에 나는 장편보다는 단편이 더 우리 삶에 가깝다고 생각한다. 그래서 더더욱 단편을 읽는 것이 살아가는 데 도움이 된다고 생각하는데 누군가는 이런 생각에 동의하지 못할 수도 있을 것이다.

하지만 단편이라는 한정된 분량 안에 너무 많은 이야기를 담을 수 없고, 욕심내어 그렇게 하려다가는 문학적인 느낌이 퇴색해 되레 이야기가 단조로워지기 마련이다. 꽁트가 될 수도 있고 우화가 될 수도 있다. 꽁트나 우화가 되는 길을 피하는 가장 일반적인 방법은 끝을 물음표나 말줄임표로 마치는 것이다. 실제로 많은 단편들이 이런 식으로 끝난다. 우리의 삶 또한 상당수가 물음표나 말줄임표를 닮아 열려 있다는 점에서 다분히 현실적인 마무리라 할 수 있다. 독자는 '이게 끝…? 난 어디? 여긴 누구? 역시 단편은 난해하구먼!'이 되어버리기도 한다. 아마 이런 애매한 마무리가 싫어 단편을 읽지 못하는 사람들이 있을 것도 같다.

그렇지만 단편을 이런 식으로 끝내지 않는 작가들이 있다. 〈달과 6펜스(The Moon and Six Pence)〉로 잘 알려진 서머싯 몸(William Somerset Maugham, 1874~1965)의 단편은 명확하게 마침표로 끝난다. 여기서 끝난다는 걸 알려주는 느낌이랄까. 몇몇은 꽁트 같고 몇몇은 우화 같지만 그래도 흐지부지, 혹은 갑자기 페이지가 몇 장 북 찢긴 것처럼 끝나지는 않는다. 이른바 '꽉꽉 닫힌 결말'이 있는 단편이라 할 수 있다.

하지만 몸의 단편을 보면 개인적으로는 '으잉?' 하는 인상을 지울 수가 없다. 특히 여성관이 말잇못(말을 잇지 못함)이다. 몸의 단편은 후기 빅토리아 시대의 여성관이 어느 정도 수준이었는지를 가히 짐작케한다. 그중에서도 몸이 유독 더 여혐주자였는지는 모를 일이지만, 특히 뚱뚱한 여자들에 대한 비하는 충격적일 정도다.

많은 사람들이 좋아하는 몸의 단편 중 〈점심(The Luncheon)〉이라는 작품이 있다. 이 이야기의 주인공은 한 사람의 팬조차도 아주 소중한 입장의, 별 볼 일 없는 작가다. 때문에 그는 '프랑스에 잠시 들르는 김에 작가님을 만나 문학에 대해 이야기하며 함께 점심 식사를 하고 싶다'는 한 여성 팬의 부탁을 차마 거절하지 못한다. 고급 레스토랑에서 그녀를 만나면서부터 속으로 식비를 헤아려보는 주인공.

"저는 본래 점심에는 아무것도 먹지 않아요. 간단히 맛만 보는 수준이죠"라는 그녀의 말에 한숨 돌리지만 그것도 잠시. 그래도 작가님을 만났으니 뭐라도 먹겠다며 한 가지만 먹으면 된다는 말과 함께 그녀는 연어를 주문한다. 그런데 연어를 기다리는 동안에 캐비어를 주문하고 캐비어와 함께 마실 샴페인을 주문하고 프랑스 파리까지 왔으니 아스파라거스를 안먹는 건 서운하다며 아스파라거스를 주문하고 생각보다 많이 먹었으니 입가심이 필요하겠다며 커피와 아이스크림을 주문한다. 거나한 식사가 진행되는 일련의 과정

속에서 주인공은 자존심을 세우느라 이 여인을 전혀 제지하지 못하고 식은땀을 줄줄 흘리면서 속으로만 욕을 해대는데 이 모습이 정말 우습다.

그놈의 자존심이 뭔지, 끝까지 허세를 부리다 한꺼번에 한 달치 식비를 거덜낸 것은 결국 주인공 본인의 선택이었음에도 이 이야기의 결말은 다소 엉뚱한 방향으로 튄다. 20여 년의 세월 동안 그날의 점심 식사 자리를 단 한 번도 잊은 적이 없다는 주인공. 20여 년 뒤 우연히 그 여인을 다시 마주쳤다는 그에게 친구들은 묻는다. 그래서 어떻게 복수했냐고. 주인공은 비웃음이 가득한 얼굴로 친구들에게 말한다.

"그게, 내가 복수할 필요도 없겠더라고. 이미 체중이 한 130kg는 되어 보이던걸?"

이야기는 이렇게 끝난다. 하지만 우리도 여기서 멈추면 그저 반쪽짜리 독서가 되어버릴 가능성이 크다. 하브루타 독서법을 적용해보자. 하브루타 독서법은 주로 아이들 독서교육에 많이 쓰이는 대화식 토론법이다. 정답은 없지만 다양한 생각을 유도하는 질문을 '잘' 던지는 것이 포인트다. 즉, 하브루타는 대답을 잘하는 능력보다는 질문을 잘하는 능력을 키우는 데 특화되어 있다. 질문을 하는 능력이 중요한 이유는 질문을 통해 새로운 시각을 얻을 수 있고, 그 시각으로 볼 수 있는 새로운 세상이 끝도 없이 계속 열리기 때문이다. 우리는 그간 공부라는 미명하에, 듣고 외우고 시험 보고 잊어버리고를 반복해왔다. 이 영역에 있어 AI는 이미 인간을 능가한 지 오래인데 그런 AI조차도 아직까지 질문은 하지 못한다. 그건 AI가 호기심이 없고 문제 의식이 없기 때문이다. 사람은 이 두 개념을 기저에 둔 질문들을 통해 사고를 발달시키고 긍정적인 방향으로의 변화, 즉, 한층 더 성장해나갈 수 있다.

그 여인의 입장에서 한번 생각해보자. 초면에 염치없이 이것저것 먹어댄 행위도 분명 문제긴 하지만 어쩌면 그녀는 작가의 주머니 사정까진 모르지 않았을까? 내가 덕질하는 작가니까, 그 작가의 실제 입지보다는 팬의 입장에서 '우리 작가님이니 이 정도 능력은 되겠지'나 '곤란하면 어련히 거절하겠지'라고 생각했을지도 모른다. 애당초 그런 부탁을 거절하거나 무리한 주문을 제지하지 못한 주인공의 문제는 없었을까? 주인공은 팬 앞에서 주제에 맞지 않는 허세를 부리려다 된통 당한, 치기 어린 지질한 인물이다. 집에 가서 이불이나 걷어차는 것이 더 어울릴 만한데 그에 반해 결말은 너무 한쪽으로 쏠려 있다. 상대의 입장과 처지를 고려하지 않은 무신경함의 대가로 그녀는 무려 130kg이 된 것이다. 그렇다면 그녀는 왜 하필이면 뚱보가 되는 형벌을 받았을까? 고급 음식에 집착한 대가로 가산을 탕진하고 비쩍 골은 모습이 된 것으로 그릴 수도 있지 않을까? 그건 아마도 몸이 비쩍 골은 여자와 뚱뚱한 여자 중 후자를 더 비웃음거리로 봤기 때문일 것이다. 하브루타를 통해 우리는 짧은 이야기 속에서 작가의 취향 파악까지 해버렸다.

몸의 단편 대부분에서 인간에 대한 날카로운 통찰이 돋보이는 것은 맞으나 그 '인간'은 다분히 남성만을 일컫는다. 그 시절에는 책을 소비하는 사람들이 대개 남자였기 때문에 이런 일이 용인됐을지 모르지만, 지금은 전혀 그렇지 않다는 점에서 많은 생각을 하게 한다. 몸의 단편들이 대개 '큭' 웃음이 날 만큼 유머러스한 것은 맞지만 상당수 비하를 기반으로 한다는 점에는 분명 비판의 여지가 있다.

짤막한 이야기에서 보여지는 시대 감성이란 너무 파편적인 것일 수도 있다. 오해의 소지가 있음도 안다. 사실 단편보다는 긴 호흡으로 이야기를 끌고 가는 장편에서 이런 것들이 좀 더 노골적으로 드러나는 경우가 많다. 그 거대한 분량 내내 뭔가를 완벽하게 숨기는 것은 현실적으로 불가능해서다. 그렇지만 단편도 계속 읽다 보면 점차 이런 것들을 포착할 수 있는 눈이 생긴다. 한번 보고 바로 알아채는, 일종의 눈썰미 같은 것 말이다.

그렇다. 단편을 읽는 것은 이런 눈썰미를 키우는 것이다. 대놓고 텍스트로 표현하지 않은 것을 붙들어 매고, 더 나아가 책장 이면에 숨겨진 것을 알아챌 수 있는 힘. "너무 많은 정보가 매일같이 쏟아지는 세상, 모르면 당할 수밖에 없는 세상을 현명하게 살아가려면 이런 힘이 꼭 필요해요!"라고 굳이 힘주어 말하고 싶지는 않다. 그렇지만 보이지 않는 것을 볼 수 있는 눈이 생겼을 때, 세상은 한결 다르게 보이고 책 읽기가 더욱 재미있어진다는 것만큼은 꼭 전하고 싶다. 나는 사고의 확장과 탐독(耽讀)의 시작이 바로 여기에 있다고 생각한다. 이 두 가지가 되면 문해력 또한 저절로 따라온다.

Read the Book!

- 서머싯 몸 지음, 황소연 옮김, 〈점심〉, 《서머싯 몸 단편선 1》, 민음사, 2021
- 서머싯 몸 지음, 송무 옮김, 《달과 6펜스》, 민음사, 2000

Level up **단편 읽고 질문하기**

최근에 읽은 단편을 대상으로 하브루타를 적용해 나만의 질문 세 가지를 만들어보세요. 나만의 질문 세 가지에 대한 모범 답안도 함께 작성해보세요.

흥미와
몰입의
즐거움

나는 세상 모든 이야기가 단편에서 비롯되었다고 생각한다. 현대문학에 있어 미스터리, 호러, SF 등 장르의 분화를 촉진하는 데 단편이 큰 기여를 했다는 말을 굳이 들먹일 필요는 없으리라.

이쯤에서 읽기와 관련하여 우리의 어린 시절을 돌아보자. 첫 책은 무조건 그림책이다. 어차피 글자를 알지도 못하거니와 양육자가 읽어준다 해도 장시간 집중하지도 못한다. 이후 아이가 "책 읽어줘!" 하는 요구를 할 수 있게 되면 적은 글밥의 그림책부터 차차 집에 들인다. 이후 글밥이 점점 늘어나고 시일이 지나면 그림이 없는, 글자로만 가득한 책으로 간다.

물론 글자만 있는 책 안에서도 단계가 있다. 기본적으로 아이가 즐기는 장르와 내용으로 읽으면 되나, 창작동화에서 고전문학으로 갈 때는 한꺼번에 몇 계단을 점프하는 격이다. 이 단계를 어떻게 넘느냐가 앞으로 책과 함께 하는 사람으로 성장할지를 결정하는 갈림길이라 할 수 있다. 대개는 길이가 짧은 이야기, 그러니까 단편부터 시작한다. 이 시기, 손에 쥐어지는 대표적인 고전단편이 오 헨리의 〈마지막 잎새〉 〈크리스마스 선물〉 같은 작품이다. 우리는 모두 이와 유사한 단계를 거쳐왔다. 다수의 사람들은 이미 단편을 거쳐 장편에 닿았다. 이제 와서 새삼스럽게 '단편은 어려워서…' 같은 생각을 할 필요가 전혀 없는 이유가 여기에 있다.

"저는 단편 안 봤는데요? 성인이 되고 나서 장편 판타지부터 시작했는데요?" 하는 경우도 있을 수 있다. 후훗, 과연 그럴까? 〈공포 특급〉을 기억하실런지 모르겠다. 꼭 〈공포 특급〉이 아니어도 상관은 없다. 그 시절 우리가 죽고 못 살았던 무서운 이야기, 귀신 이야기는 전부 단편이다. 창밖에 어떤 할머니가 찾아와 길을 묻길래 알려줬는데 사실 우리 집은 5층이었다는 썰, 머리를 감으면서 내 위에 매달린 귀신 머리까지 같이 감기고 있었다는 썰, 단둘이 있을 때 사람을 해친다는 저주받은 피에로 인형 썰 등 헤아릴 수 없이 많은 공포 이야기들은 모두 단편의 형태를 따른다. 장면은 하나 내지 두 개, 압도적이고 충격적인 결말(요즘 식으로 표현하자면 서스펜스급 반전!)까지. 만약 귀신 이야기가 장편이 된다면 반드시 퇴마록이 되어야 한다. 300페이지 내내 귀신에게 시달리기만 하더니 심지어 퇴치도 하지 않고 끝난다? 이 정도면 정서적 학대라고밖에 볼 수 없다.

너무 옛날 이야기하는 거 아니냐고, 대체 몇 살이냐는 질문이 들어올 수도 있다. 다행스럽게도(?) 한국 공포문학들은 여전히 단편의 형식으로 많이 나온다. 많은 이들이 "어렸을 적엔 귀신이 그렇게나 무섭더니 어른이 되고 난 지금은 사람이 더 무섭더라"고들 한다. 그렇지만 나는 여전히 귀신도 무섭고 사람도 무섭다. 요즘의 공포문학은 귀신보다는 사람의 무서움에 더 초점을 두는 경우가 많고 개인적으로 호러보다는 스릴러나 범죄소설에 가까워졌다고 생각하기에 아쉬움이 있긴 하다. 그렇다고 한국 공포문학의 명맥이 아예 끊어진 것은 아니다. 한국의 도서시장 자체가 그다지 크지 않은데 그 와중에 공포문학이 차지하는 비중은 더 작기도 하거니와, '아이들에게 유해하다'는 잣대 등이 큰 걸림돌이다 보니 보통 온라인 플랫폼에 게재되는 경우가 많을 뿐, 온라인 플랫폼에서 '스압(스크롤 압박)은 곧 스킵'이기 때문에 단편으로 계속 갈 수밖에 없는 상황인 셈이다.

누군가는 이런 이야기들은 싸구려 B급 감성이라고 치부하며 그런 책을 굳이 왜 찾아 읽냐고 반문할지도 모른다. 하지만 문해력을 기르는 책 읽기의 기본은 흥미와 몰입이다. 흥미를 갖고 몰입하지 못하면 문해가 아니라 글자 읽기에 그치고 만다. 흥미와 몰입은 '내가 읽고 싶은 책은 내가 직접 선택한다'는 것에서부터 시작한다. 내가 읽고 싶고 내 수준에 맞아야 한다. 책에서 반드시 교훈이나 인생의 큰 깨달음을 얻어야 한다거나, 지식을 흡수해야 한다는 사명감을 갖고 있다면, 그래서 누군가의 기준으로 만들어진 '권장도서' 위주로 읽어야 한다는 믿음을 갖고 있다면 책을 마음 편히 고르지도, 읽지도, 즐기지도 못할 가능성이 크다. 이에 반해 무서운 이야기들은 기본적으로 몰입이 쉽고 흥미롭다.

말 나온 김에 소개하고 싶은 공포문학 작가가 있다. 우루과이의 오라시오 키로가(Horacio Quiroga, 1878~1937)다. 한국에서 라틴아메리카 문학이 차지하는 위치가 아직까지는 크지 않기 때문에 다소 생소할 수 있겠으나 오라시오 키로가는 기 드 모파상, 에드거 엘런 포, 안톤 체호프와 함께 근대 단편의 대가로 통하는 인물이다. 영화「판의 미로」와「셰이프 오브 워터」「퍼시픽 림」등의 감독이자 블랙 판타지에 있어서만큼은 천재로 불리는 기예르모 델 토로(Guillermo del Toro Gomez)가 사랑하는 작가로도 잘 알려져 있다.

키로가의 단편들은 삶과 죽음 사이 그 어딘가 즈음을 휘저으며 독자를 환상의 세계로 이끈다. 여기서 말하는 환상은 해리 포터처럼 판타지스러운 마법 세계보다는 생경한 아마존 밀림 한가운데 그 어디 즈음… 하는 쪽에 더 가깝다. 나는 누군가의 글과 삶을 완벽하게 분리할 수는 없다고 생각하는데 키로가 역시 그렇다. 키로가의 삶은 저승사자가 집요하게 따라붙은 수준이다. 이런 삶을 사는 이에게 글이란, 창작이란 대체 무엇이었을까?

- 키로가의 친부: 사냥을 나갔다가 오발사고로 가족이 보는 앞에서 즉사
- 키로가의 계부: 뇌출혈로 반신불수가 된 후 키로가가 보는 앞에서 엽총 자살
- 키로가의 누나와 형: 장티푸스로 요절
- 키로가의 아내: 음독 자살
- 키로가의 친구: 키로가가 친구의 총을 살펴보던 중 오발사고로 사망
- 키로가 본인: 위암 투병 중 청산가리를 먹고 자살
- 키로가의 장녀와 장남: 키로가 사망 후, 둘 다 자살

죽음으로 얼룩진 삶을 살아서일까, 키로가가 작품 속에서 그린 죽음은 추상적인 개념이 아니라 평범한 하나의 사

실에 가깝다. 태풍과 홍수, 가뭄과 폭염, 이에 수반되는 일사병과 열사병, 외로움과 우울증, 탐욕, 독사와 말벌, 진드기와 불개미 등 그의 단편 속에서 죽음은 너무나도 일상적이고 다양한 모습으로 우리 곁에 머무른다. 그렇다고 해서 이 이야기들이 울적하다거나 우울하지는 않다. 읽는 사람을 진 빠지게 만드는 스타일도 아니다. 괴기스러운 면은 좀 있지만! 영화에 비유하자면 「파이널 데스티네이션」 급으로 나름의 박진감이 있다.

이런 서늘한 이야기들은 후덥지근한 여름 밤의 더위를 잠시 잊게 해줌과 동시에 현실 도피를 가능하게 해준다. 마치 그 안에 다이빙을 하는 느낌이랄까? 다시금 강조하자면 다이빙을 하듯 글에 완전히 몰입하는 경험은 읽는 생활을 지속하는 데 그 글의 장르가 무엇이냐보다 훨씬 더 중요하다. 하지만 나도 모르게 이런 이야기에 너무 몰입하면 그날 밤 꿈자리가 무척 사나울 수 있으니 이 부분만 주의하자.

Read the Book!

오라시오 키로가 지음, 엄지영 옮김, 《사랑과 광기 그리고 죽음의 이야기》, 문학동네, 2020

Level up **내가 좋아하는 장르 완독하기**

흥미와 몰입을 위한 장르가 반드시 호러 소설은 아닐 수도 있어요. 내가 흥미를 느끼고 내가 잘 몰입할 수 있는 장르는 무엇인가요? 해당 장르의 단편 작품 하나를 골라, 앉은 자리에서 완독해보세요.

문해력을 높이기 위한 취향 찾기

누군가는 초중고를 거치며 우리가 학교에서 받는 문학 교육은 완전히 잘못되었다고 이야기한다. 단편이든 장편이든 최소한 언어 영역의 지문보다는 길 것이니, 지문으로 만나는 작품은 무조건 어떤 작품의 일부분일 수밖에 없다. 누군가는 이렇게 특정 단락만 떼어내 특정한 문장과 단어에 밑줄을 긋고 그것에 어떤 상징이 숨겨져 있는지를 암기하는 것에 어떤 의미가 있냐고 반문하기도 한다. 작가 본인이 본인의 작품을 지문으로 활용한 모의고사 문제를 풀어봤는데 틀리고 말았다는, 코미디 같은 이야기도 실재한다. "난 이런 의도를 가지고 이렇게 쓴 게 아니라고! 니들이 뭔데 내 의도를 결정해!" 하는 항변조차 먹히지 않았다는 후문까지 있었다.

하지만 나는 이런 교육 방식이 아주 크게 잘못되었다고는 생각하지 않는다. 한정된 시간 내 여러 분야를 다채롭게 배워야 하는 정규 교육 과정 내에서 관심사도 능력치도 제각각인 모든 학생에게 모든 문학 작품을 원문으로 읽히는 것에는 분명 한계가 있다. 특정한 문장과 단어에 밑줄을 긋는 행위 또한 그 작품이 발표된 사회적 맥락, 작품 내적인 논리, 저자의 일생과 사상 등을 고려해보면서, '어떤 문장과 단어에는 눈에 보이는 단면적인 의미 외에 또 다른 의미가 있을 수 있다'는 점을 배울 수 있는 단초가 되어준다고 생각한다.

해석이 가능하다는 것을 알게 된 인간과 그렇지 않은 인간이 세상을 보는 눈은 절대 같을 수 없다. 말장난 같을 수 있지만 바로 이 해석이 문해의 시작이기 때문이다. 문학에 흥미가 있는 학생이라면 짤막한 일부 지문으로 작품의 맛을 본 일을 계기 삼아 원문을 찾아 완독을 할 수도 있고, 이후 자신만의 해석을 곁들여 빈약하나마 자신만의 세계를 구축해나갈 수도 있다. 첫 만남은 수동적이었을지 몰라도 이후 이어지는 활동은 의지만 있다면 충분히 능동적으로 해낼 수 있다. 스스로 책을 찾아 읽는 경험이 있어야 꼬리에 꼬리를 무는 독서가 시작될 수 있는데 이 '스스로 책을 찾아 읽는 경험'의 시작을 학교에서의 문학 교육이 도와줄 수 있다는 것이다.

대한민국의 정규 교육 과정이 바람직하다는 주장을 새삼스럽게 하고 싶은 것은 아니다. 다만 어떻게든 자신만의 세계를 구축해나가는 것이 단편(장편은 저자가 아주 친절하게 세계의 상당 부분을 제공해주기에, 나만의 세계를 구축할 공백이 상대적으로 적은 경우가 많다.)을 잘 읽는 바람직한 방법 중 하나이고, 어쩌면 사람은 자신만의 세계를 구축하기 위해 사는 것이 아닐까 하는 생각은 종종 한다. 그 기초를 정규 문학 과목에서 어느 정도는 배울 수 있다고 생각한다.

그렇지만 쉬운 일은 아니다. 상당 부분 숨겨지고 응축된 문학 작품을 읽는 일은 원래 어렵다. 자극적이고 직관적인 즐거움, 빠른 전개, 그리고 시각적 · 청각적 정보에 익숙해진 요즘 사람들에게 이런 식의 책 읽기는 더더욱 가까이하기 어려운 행위가 되었지만 그만큼 완독을 하고 뭔가를 느꼈을 때 누릴 수 있는 즐거움은 더없이 크다.

사정이 이렇다 보니 어렵고 난해한 이야기를 읽는 것만이 의미 있는 독서처럼 보이는 경향도 있다. 독서 또한 보여주기 위한 수단이 된 세상을 보며, 대체 어디부터 잘못된 것인지 가끔 어지럽다. 그럼에도 분명한 것은 내가 읽은 것을 내보이고 관련해서 사람들과 많은 이야기를 나눠야 한다는 것이다. 내 수준을 뽐내기 위해서가 아니다. 계속 내보이고 이야기해야만 내가 무엇을 좋아하는 사람인지가 비로소 명확해지기 때문이다. 문해력의 성장을 위해서도 이는 꼭 필요한 과정이다. 문해력을 키우려면 사색과 관찰이 필수인데 그전에 나의 세계를 만드는 단계가 반드시 선행되어야 한다. 차분한 마음으로 가만히 들여다보면서 행간을 읽고 분위기를 파악한 후 추론과 상상까지 이어가야 하는데, 나 자신부터 흔들린다면 뭔가에 집중해서 가만히 들여다보는 일이 힘들어질 수밖에 없다.

나의 세계를 만드는 일의 시작점은 내가 무엇을 좋아하는 사람인지를 아는 것이다. 그러나 내 취향을 알지 못하는 사람들은 점점 늘어가고 있는 게 현실이다. 그건 우리의 잘못이라기보다는 요즘 뜨는 것, 남들이 좋아하는 것을 내가 좋아하는 것으로 착각하며 살기 쉬운 세상이 되어버렸기 때문일 것이다. 그 세상의 중심에는 알고리즘이 있다.

알고리즘의 늪에 한번 빠지면 어지간해서는 빠져나오기 어렵다. 내가 좋아할 만한 것을 어쩜 그리 귀신같이 찾아주는지 남편보다 백 번 낫다. 내가 뭘 좋아하는지 나조차도 잘 모르는 와중에 알고리즘이 추천해주는 것들은 하나같이 찰떡같다. 내 뇌

속에 도청장치를 심었나 하는 합리적인 의심이 들 즈음 한편으론 무서워진다. 내가 정말로 좋아해서가 아니라 계속 보다 보니 나도 모르게 내가 좋아한다고 믿게 된 것은 아닌가, 나라는 인간의 취향이란 얼마나 빈약하고 조종하기 쉬운 것인가 하는 생각도 든다.

알고리즘을 따라 선택하고 소비할 경우 크게 실패를 하진 않겠지만 새로운 세계로 나아갈 기회는 차단될 수밖에 없다. 같은 생각과 취향을 가진 사람들끼리만 어울리고 같은 의견만 주고받으며 편식하다 보면 사고의 폭은 점점 더 좁아진다. 정보의 바다라고 말하지만 우리 앞에 주어진 바다는 세숫대야만큼의 크기도 되지 않고, 내가 좋아하는, 혹은 좋아한다고 믿는 것과 비스무리한 것들만으로 가득찬 좁디 좁은 세상에 살며 세상은 다 이런 거라고 믿게 될지도, (만약 아이가 있다면) 그 위험한 믿음이 내 아이에게까지 대물림될지도 모른다. 나는 물론이고 내 아이까지 에코보그(echoborg, 생각과 말과 행동이 AI에 의해 결정되는 사람을 뜻하는 신조어)가 되어버릴지도 모른다.

'이런 책은 처음인데 굉장히 신선하네?' '아, 이 작가는 내 스타일이 아니다' 하는 생각의 성공과 실패를 반복해야 내 세계가 넓어질 수 있다. 귀찮고 성가시고 피곤하고 수고스러운 일이다.

편협한 세계를 빠져나오는 일은 결코 쉽지 않다. 때문에 이 과정을 단시간 내 해치워야 하는 과업이 아니라 새로운 관심사와 몰랐던 세계를 알아가는 재미로 생각해야 책 읽기를 지치지 않고 오래 지속할 수 있다. 인생은 내가 좋아하고 싫어하는 것을 찾아내기 위한 여정을 닮은데다, 취향이란 살다 보면 달라지기도 하는지라 이 여정은 결코 끝나지 않고, 또 끝나지 않아야 함이 맞다.

다시 말하지만 나의 세계를 구축한다는 것은 내가 무엇을 좋아하고 싫어하는지를 아는 것부터 시작한다. '나는 신 커피가 좋아'와 '나는 레몬 같은 느낌의 신 커피는 별로이고 풋사과 향이 은근하게 나는 신 커피가 좋아'는 천지 차이다. 책 읽기도 마찬가지다. '책을 좋아해'보다는 '소설을 좋아해'가 낫고, '소설을 좋아해'보다는 '단편을 좋아해' 하고 구체화해보는 것이 좋다. 이어서 '단편을 좋아해'보다는 '호러 단편을 좋아해'가 나으며, '호러 단편을 좋아해'보다는 '포 같은 스타일보단 보니것 같은 스타일을 좋아해'로 나아가야 한다.

내 취향을 확고히 찾고 싶다면 무조건 많이 읽어보자. 읽어보고 좋고 싫음을 판단해보자. 장편부터 단편, 호러와 스릴러, 로맨스까지 섭렵하고 포와 보니것의 작품도 읽어봐야 자신의 관심사, 자기만의 세계를 구체화할 수 있다. 더 나아가 왜 좋고 왜 싫은지도 생각해서 몇 개의 문장으로 만들어볼 수 있다면 더욱 좋다. 오늘도 나는 세상에 읽을 책이 많고 그 책들로 내 세계의 벽돌을 차곡차곡 쌓을 수 있어 너무 행복하다.

참과 거짓, 사실과 의견
그리고 진실,
디지털 문해력

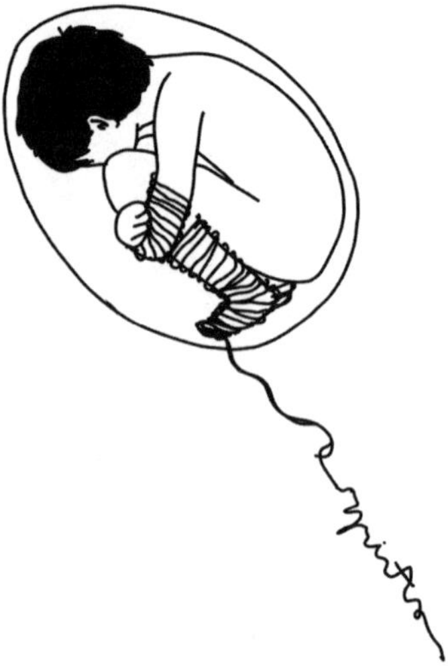

셰익스피어는 '인생은 연극'이라 했다. 굳이 셰익스피어를 소환할 필요 없이 우리는 적재적소에 맞는 역할을 수행하며 그 역할에 맞는 가면을 쓰고 사는 일에 이미 익숙하다. 이를 전문 용어로는 '페르소나(persona)'라고 한다. 하지만 나의 본모습을 모른 채로 사회적인 페르소나와 자신을 동일시하며 살다 보면 어느새 가면 자체가 내 얼굴이 되어 벗어나지 못하는 지경에 이를 수도 있다. 칼 융은 그런 식으로 살면 그 사람의 내면은 끝내 피폐해질 수밖에 없다고 했다. 당연한 소리다.

문학작품 읽기는 내면이 피폐해질 위험 없이 여러 가면을 써보는 일이기도 하다. 책을 읽으며 나는 때로는 19세기 프랑스의 몰락한 중년 귀족이 되었다가, 정글 속 흑표범이 되기도 하고 알코올과 마약에 찌든 미국의 싱글맘이 되기도 한다. 그럼에도 나는 가면이라고 하면 아베 코보(安部公房, 1924~1993)의 〈타인의 얼굴(他人の顔)〉이 가장 먼저 떠오른다. 실험실에서의 사고로 얼굴을 잃게 된 한 남자가 타인의 얼굴을 본 뜬 가면을 만들어 쓰고 자신의 부인을 유혹한다. 부인이 유혹에 넘어가자 남자는 배신감에 부인을 살해하기로 결심하지만 부인은 처음부터 가면 속 남자가 남편이라는 걸 알고 있었다고 밝히고 그를 떠난다는 게 큰 줄거리다. 아베 코보는 국내에선 〈타인의 얼굴〉보다는 〈모래의 여자(砂の女)〉로 더 잘 알려진 작가이고, 대개 장편 위주로 소개되어 있는데 단편집도 더러 있다. 현재는 절판이 되었다는 점이 문제라면 문제겠지만.

단편과 장편은 단순히 길이만으로 결정되는 것은 아니다. 장편은 이야기를, 단편은 하나의 인상이나 장면을 담는다. 중편은 말 그대로 중간. 때로는 단편을 늘여놓은 것 같고 때로는 장편을 압축해놓은 것 같기도 하다. 아베 코보의 단편들은 길이로만 본다면 중편 정도에 해당하지만 이런 기준으로 나눈다면 일부는 장편에, 일부는 단편에 가까운데 그중에서 나는 단편에 가까운 이야기들을 더 좋아한다. 1950년대에 쓰였다는 게 믿기지 않을 만큼 재기 넘치고 신선한 것이 특징이고, 지금 단편영화나 웹드라마 등으로 영상화를 한다고 해도 전혀 촌스럽지 않을 만큼 시대를 앞선 느낌이 있다. 천재란 이런 거구나 싶어 읽을 때마다 소름이 돋는다.

아베 코보의 이야기를 읽으면 다소 앞뒤가 바뀐 것 같은 느낌이 들기도 한다. 이를테면 투명인간이 되어서 그림자가 사라진 게 아니라 그림자를 분실했기 때문에 본체도 투명인간이 되었다는 식이다. 그 와중에 그림자는 너구리가 물어 갔다는 설정이니 독자들은 어리둥절해진다. 투명인간이 된 주인공은 이후 너구리를 따라 천계와 인간계를 연결하는 바벨탑으로 간다.

이른바 팩트의 시대다. 누군가를 설득하고자 팩트를 들이대려면 이를 뒷받침할 근거를 모으는 일이 당연히 수반되어야 하지만 설득에는 이런 방법만 있는 게 아니다. 가짜 뉴스가 판치는 시대에 팩트의 중요성을 희석시키고자 하는 것은 아니다. 분명 팩트는 중요하다. 그렇지만 팩트, 즉 사실보다는 진실, 고민과 성찰이 기반하는 인간다움 속에 우리 인생이 있다. 많은 이들이 사실을 좇는 데 급급하지만 우리의 인간다움은 사실보다는 진실에 더 맞닿아 있어야 한다. 문학의 가치는 여기서 한 번 더 빛을 발한다. 작가가 구축한 세계 안에서, 비록 그것이 황당무계한 것이라 할지라도 독자는 그 세계 안에 있는 동안만큼은 그저 이리저리 따르며 작가가 말하고자 하는 삶의 진실을 찾으면 된다. 나는 궁극적인 문해력은 이 지점까지 가닿을 수 있어야 한다고 생각한다. 읽어도 읽은 것 같지 않고 머릿속에 아무것도 남지 않는다면 그건 글이 아니라 글자를 읽은 것에 불과하다. 남들이 친절하게 떠먹여주길 기다리는 대신 스스로 발견하려 애쓸 때 문해력은 한뼘 더 성장한다.

요즘 같은 시대에 종이책을 읽는 일은 너무 뒤처진 것 아니냐고 생각할지도 모른다. 어차피 필요한 정보는 전부 온라인에 있고, 대부분은 친절하게 동영상이나 이미지로 만들어져 있다. 그럼에도 우리가 여전히 가장 많이 마주하는 것은 글자다. 16부작짜리 드라마를 1시간짜리 요약본으로 만들고 그걸 또 10초짜리 쇼츠로 만들어 보는 세상이지만 그런 유튜브 영상에도, 쇼츠에도, 짤에도 모두 글자로 된 자막이 달린다.

OECD가 2021년 5월 발표한 〈PISA 21세기 독자: 디지털 세상에서의 문해력 개발 보고서〉에 따르면 한국의 만 15세 학생들은 인터넷 정보에서 사실과 의견을 식별하는 능력이 가장 낮은 수준으로 조사됐다. OECD 평균 식별률은 47.4%인데 한국의 학생들의 식별률은 25.6%에 그쳤다. 이는 매우 큰 격차로, 식별률이 30% 미만인 국가는 조사 대상이 되었던 37개국 중 한국과 슬로바키아, 콜롬비아 3개국뿐이었다. 인터넷 정보에서 사실과 의견을 식별하는 능력은, 가짜 뉴스를 마주했을 때 그것이 사실인지 검증하고 적절하게 대처하는 과정으로 이어진다. 이는 곧, '디지털 문해력'이라 할 수 있다. 온라인상에 넘쳐나는 불확실하고 모호한 정보를 자신만의 기준대로 걸러내지 못한다면 명확한 판단을 내리는 일도 불가능해진다. 정보의 진위에 대한 판단 없이 비판적 사고를 취할 수 없는 것 또한 당연하다. 기초적인 디지털 문해력은 우선 참과 거짓을 구분하는 것부터 시작하며, 이후 사실과 의견을 식별할 수 있다. 책은 여기서 더 나아가 사실에서 진실을 길어올리는 영역까지를 다룬다.

아베 코보의 또 다른 단편인 〈붉은 누에고치(赤い繭)〉 속 화자인 '나'는 집이 없다. 내 집이 없는 이유를 이해할 수 없기 때문에 목을 맬 수도 없다. 나의 구두 속에서 명주실이 한 가닥 나온다. 죽 잡아당겨보니 계속 나오는데 점점 발이 사라지고 다리가 사라진다. 나는 마치 올이 나간 스웨터처럼 계속 풀려나가 하나의 실타래가 되어버리고 그 실타래는 텅 빈 누에고치의 형상을 띠게 된다. 누구에게도 방해받지 않을 내 집이 생겼지만 이제 그 집으로 돌아갈 내가 없다.

이 짤막한 이야기 속에서 '사실'은 '나는 집이 없다'는 것 하나뿐이다. 나머지는 다 말도 안 되는 소리다. 하지만 그

말도 안 되는 소리 속에 진실이 있다. 집이란 무엇인지, 살기 위해 집이 필요한 게 아니라 집을 위해 살아가는 현실은 21세기에도 여전한지, 나라는 존재가 사라지고 내가 곧 집이 되었을 때 그 집은 나에게 어떤 의미일지 등이 코보가 묻고 싶었던, 삶의 진실에 조금 더 가닿도록 하는 질문일 것이다. 읽는 행위는 사실 너머의 진실을 볼 수 있는 힘을 길러준다. 사실의 힘이 너무 강해 때로는 진실이 가려지기도 한다는 점을 우리는 잊지 말아야 한다.

Read the Book!

- 아베 코보 지음, 이정희 옮김, 〈붉은 누에고치〉, 《벽》, 위덕대학교출판부, 2000
- 아베 코보 지음, 이정희 옮김, 《타인의 얼굴》, 문예출판사, 2018
- 아베 코보 지음, 김난주 옮김, 《모래의 여자》, 민음사, 2001

Level up **자신만의 기준 세우기**

가짜 뉴스를 판별하는 나만의 기준 세 가지를 마련해보세요. 해당 기준을 적용하여 최근 뉴스를 확인해보고 믿을 만한 내용인지 판단해보세요.

문해력이 좋아야 사회생활을 잘한다

문해력이라고 하면 여전히 '공부'라는 단어가 가장 먼저 떠오른다. 공부에 이어서 자연히 학생이 연상되고, 연관 검색어로 공부머리, 초등 독해, 수업, 성적, 자기주도학습, 국영수, 최상위권, 공부 잘하는 아이 같은 것들이 줄줄이 딸려나온다. 문해력은 정말 공부하는 학생들에게나 필요한 걸까? 이미 오래전에 학교를 떠난 성인에게는 어떨까? '평생 동안 배운다'는 그다지 와닿지도 않는 뻔한 말은 뒤로 하더라도 말이다.

OECD는 문해력을 아래와 같이 정의했다. '문장을 이해하고, 평가하며, 사용함으로써 사회생활에 참여하고, 자신의 목표를 이루며, 자신의 지식과 잠재력을 발전시킬 수 있는 능력'. 여기서 공부나 학생이란 말은 전혀 언급되지 않는다. 오히려 '사회

생활'이라는 단어가 더 눈에 띈다. 사회생활에서 자유로울 수 있는 사람이 있을까? 결국 문해력은 사회에 발을 걸치고 있는 우리 모두에게 필요한 능력이다. 예를 들어 영수증, 열차 시간표, 구직 원서, 지도, 복약 지도서 등의 그림이나 도표, 설명을 제대로 이해하지 못하는 상태라면 일상생활에 크고 작은 지장이 있을 수밖에 없다. 여기에는 어른과 아이, 학생과 직장인의 구분이 있을 수 없다.

철학자 칼 포퍼는 "삶은 문제 해결의 연속"이라 했다. 문제를 해결한다는 것은 문제를 이해하고 본질을 파악한 후, 해결에 필요한 자료를 수집, 분석하고 이를 활용해 적당한 해결책을 찾는 것이다. 더 나아가 이러한 해결책을 관련 구성원들에게 공유하는 것까지 포함될 수 있다. 이른바 '일처리를 똑부러지게 한다'는 말은 대개 이와 맥락을 같이 한다. '일을 잘한다'는 것은 한 개인의 머릿속에 엄청난 양의 지식이 왕창 들어 있어 혼자 일당백처럼 모든 일을 다 해치운다는 뜻이 아니다. 누구에게 어떻게 질문해야 정확한 답을 얻을 수 있는지, 어디에서 어떻게 검색해야 할지를 알며, 본인의 의견을 상대에게 명료하게 보여주는 동시에 어떻게 설득할 수 있는지를 아는 쪽에 더 가깝다.

지금 우리의 문해력은 정확히 어느 정도 수준일까? 2013년

OECD가 주관한 〈국제성인역량조사(PIAAC, Programme for the International Assessment of Adult Competencies)〉에서 한국인의 문해력 측정 점수는 273점으로 OECD 평균인 266점보다 높다. 그러나 여기서 가장 먼저 주목할 점은 젊은 세대일수록 문해력이 높고 중장년층으로 갈수록 점수가 낮아져 고령층은 최하위권 수준이라는 것이다. (나이가 많은 세대는 교육 기회가 균등하지 못한 환경에서 성장했고, 노화에 따른 인지 능력의 감퇴도 있을 수 있어 문해력 측정 점수가 떨어지는 현상 자체는 일반적일 수 있지만 한국은 그 격차가 매우 크다는 점이 다른 나라들과 다르다.) 그도 그럴 것이 책 읽기와 문해력은 뗄레야 뗄 수 없는 영역인데 한국의 초중고 학생들은 양육자들이 강제로 시켜서든, 학교에서 과제로 내줘서든, 그 누구보다 책을 많이 읽는 집단이다. 즉, 문해력에 있어 더 시급하게 우려해야 할 대상은 '요즘 애들'이 아니라 '요즘 어른들'인 셈이다. (문화체육관광부의 〈2021년 국민 독서실태 조사〉에 따르면, 초중고 학생들이 지난 2020년 9월부터 2021년 8일까지 읽은 책은 총 34.4권으로 성인의 4.5권보다 8배나 많았다.)

두 번째로 주목할 점은 문해력의 양극화다. 한국인의 문해력은 학력과 월가구 소득, 경제활동 상태, 직업, 고용 형태, 그리고 거주 지역에 따른 편차가 무척 크다. 더욱 우려되는 점은 문해력이 비교적 뛰어난 것으로 알려진 젊은 세대만 골라서 살펴봐도 양극화가 심화되고 있다는 점이다. OECD가 주관하는 또 다른 조사 중 만 15세 학생만을 대상으로 실시하는 〈학업성취도평가(PISA, Programme for International Student Assessment)〉의 결과를 보면 상위 성취자의 비율은 13%로 비슷하게 유지되는 반면, 하위 성취자의 비율은 꾸준히 증가하고 있어 평균 점수 또한 꾸준히 하락 중이다.(평균 점수는 514점으로 아직 OECD 평균인 487점보다 높기는 하다.)

앨빈 토플러가 "지식과 정보가 가장 큰 권력이 되는 사회"라는 말을 한 지도 벌써 몇십 년이나 되었다. 새삼스러울 것도 없이 점점 더 많은 정보가 쏟아지고 사회는 점점 더 복잡해지고 있다. 빅데이터와 AI, 딥페이크 등의 기술로 인해 가상과 현실의 구분이, 더 나아가 진짜와 가짜의 구분이 힘들어지니 현실 속 문제들 또한 점점 더 복잡해질 수밖에 없다.

기술의 발전으로 정보에 대한 접근이 무척 쉬워졌고, 때로는 가만히 있어도 내 의지와 무관하게 정보가 마구 쏟아지는 판국이 되면서 우리는 이미 정보의 바다를 넘어, 정보의 쓰나미 속에 살고 있다고 볼 수 있다. 날마다 수많은 상징 속에 둘러싸여 눈을 뜨고, 매 순간 해석이 필요한 일상을 살아야 하는 상황에서 나침반이 되어주는 대표적인 역량이 바로 문해력이다. 글로 표현된 정보를 읽고 이해하고 판별하고 선택하고 활용할 수 있게 하는 것은 오직 문해력만이 해줄 수 있는 일이다. 과거보다 현재 훨씬 더 높은 수준, 더 적극적이고 주체적인 문해력이 필요해진 이유가 여기에 있다. 앞으로는 문해력을 얼마나 쓸모 있게 활용하느냐에 따라 정보 수집과 판별 능력의 격차가 점점 더 벌어질 것이다.

우리가 어디서 누구를 만나 무슨 일을 하든, 모든 일은 말과 글에서 기인하며, 분석부터 활용, 이해와 설득까지 전부 말과 글로 해야 한다. 그것이 꼭 '회사 일'이 아니더라도 타인과의 소통에서 문해력은 필수 요소이다. 슬기로운 사회생활과 다정한 인간관계가 소통을 바탕으로 한다는 점을 생각해보면 문해력을 더 이상 학생들에게만 필요한 것으로, 혹은 나와는 상관없는 개념으로 무시해버릴 수는 없으리라.

단어의 의미를
알 때와 모를 때,
어휘력

'책을 많이 읽어야 공부를 잘한다'는 문장은 때로는 참이고 때로는 거짓이지만 이것이 참일 때 가장 큰 바탕이 되는 부분이 문해력일 것임에는 반박의 여지가 없다. 보통 문해력이라 하면 국어 과목에만 상관이 있다고 생각하기 쉽지만 안타깝게도 이는 사실이 아니다. 공부의 기본은 교과서, 더 나아가 참고서인데 이는 모두 텍스트로 이루어져 있어 문해력이 부족하면 아무리 읽어도 무슨 말인지 모를 수 있기 때문이다.

수학도 마찬가지이다. 문장을 이해하지 못하면 문제, 더 나아가 출제자의 의도와 맥락을 파악할 수 없다. 쉽게 말해 1+1이 2인 것은 알지만 이 문제가 1+1을 묻는 것임을 파악하지 못하는, '문장제(문장 형식으로 표현된 시험 문제)'를 풀지 못하는 상황이 될 수 있다는 것이다. 최소공배수를 구하는 방법은 달달 외워 답을 할 수 있을지도 모른다. 하지만 최소공배수가 무슨 뜻인지, '최소 공배수'인지 '최 소공 배수'인지 '최 소공배 수'인지 구분할 수 없을 것이다. 나아가 최소공배수의 '공'이 공정을 뜻하는지 공평을 뜻하는지 공통을 뜻하는지 알 수 없으니 다음 단계에서의 응용이 어려워지고, 챗GPT의 시대에 수학 공부가 왜 필요하냐며 되묻는 지경에 이를 수도 있다. 사회나 과학, 영어도 마찬가지다. 영어 단어를 달달 외워도 그 단어의 뜻을 모르면 해석이 불가능할 수밖에 없다. 'alleviate'를 두고 '경감하다'라고 외웠는데 정작 '경감하다'가 무슨 말인지 모르는 상황이 벌어지는 것이다.

문해력을 구성하는 여러 요소 중 하나가 어휘력이다. 요즘 사람들의 어휘력 저하가 심각하다는 사실은 뉴스거리도 못된다. '금일'을 '금요일'로 안다거나 '사흘'을 '4일'로 이해한다는 얘기들은 이제 예시 축에도 못 낀다. 어휘력을 향상시키는 가장 좋은 방법은 역시 책 읽기다. 이는 일상적으로 사용하는 문장 속에서 쓰이는 단어와 책 속에서 만날 수 있는 단어의 차이가 크기 때문이다. "밥 먹어" "공부해"처럼 반복적으로 쓰이는 단순한 말들 속에서는 아이나 어른이나 어휘력을 키울 수 있는 방법이 한정적일 수밖에 없다.

책을 읽다가 모르는 단어를 만나면 어떻게 해야 할까? 나는 고전적이긴 해도 종이 사전을 찾는 방법을 권한다. 스마트폰으로 온라인 사전을 통해 검색하기를 권하지 않는 이유는 역시 쉽게 딴짓을 하게 되기 때문이다. 그럼 사전을 펼치는 타이밍은 언제가 좋을까? 모르는 단어가 나올 때마다 수시로 사전을 펼치기보다는 쭉 메모를 해두었다가 나중에 한꺼번에 찾는 것이 좋다. 장편의 경우에는 이 방식이 어려울 수 있지만 단편은 일단 앞뒤 문장과 문단을 근거로, 모르는 단어의 의미를 유추(유추만으로 끝나면 안 되고 나중에 정확한 확인이 필수다!)하면서 한번 쭉 훑는 식으로 완독을 하되 모르는 단어들을 따로 모아두었다가 이후 한꺼번에 찾고, 재독하는 방법을 써볼 수 있다. 사람에 따라 다르긴 하지만 한번 집중이 깨지면 다시 집중하기까지 평균적으로 25분의 시간이 걸린다고 하니 읽을 때는 읽기에만 오롯이 집중하는 것이 더 바람직할 수 있다. 그런데 만약 모르는 단어가 너무 많아서 읽는 것 자체가 힘들다면 어떻게 해야 할까? 그건 내 어휘력 수준과 맞지 않는 작품을 골랐다는 의미다. 조금 더 쉬운 어휘로 쓰인 작품을 찾아야 한다.

전체적인 맥락만 대강 알면 되지, 모르는 단어 한두 개까지 꼼꼼히 신경 써야 할까 싶을 수도 있다. 문학 작품은 기본적으로 예술성을 품고 있어 단어의 사전적인 의미보다 맥락, 혹은 뉘앙스의 파악이 더 중요하다고 생각할 수도 있다. 그런데 단어의 사전적인 의미를 명확히 알지 못하는 상태에서 뉘앙스의 파악은 사실상 불가능한데, 그런 대표적인 작품 중 하나가 바로 헤밍웨이(Ernest Hemingway, 1899~1961)

의 〈깨끗하고 불빛 환한 곳(A Clean, Well-lighted Place)〉이다.

늦은 밤, 손님이 모두 떠난 카페에서 귀가 들리지 않는 노인이 술을 마신다. 지난주에 자살을 시도했다 실패했다고 한다. 젊은 웨이터는 자신의 퇴근을 지연시키는 노인이 싫다. '지난주에 죽어버렸다면 좋았을걸'이라며 징징거리는 젊은 웨이터와 달리 중년의 웨이터는 노인을 이해한다. 노인은 곧 카페를 나서고 젊은 웨이터도 퇴근한다. 홀로 노인의 테이블을 정리하며 중년의 웨이터는 생각한다. 노인은 왜 자살을 하려 했을까? 그것은 공포 때문도 두려움 때문도 아니었을 것이다. 그도 너무나 잘 아는 허무 때문이었을 것이다. 이윽고 중년의 웨이터는 성스러운 단어들을 모두 'Nada'로 대체한 이상한 주기도문을 읊조린다.

Nada에 계신 우리의 Nada님,
당신의 이름으로 Nada해지시고
당신의 왕국이 Nada하소서.
하늘에서 Nada하셨던 것과 같이 땅에서도 Nada하소서.
우리에게 일용할 Nada를 주시고
우리가 우리에게 Nada한 것을 Nada하게 한 것과 같이 우리의 Nada를 Nada하게 해주소서.
우리를 Nada에 들지 말게 하시고
다만 Nada에서 구하소서….

이게 대체 무슨 소릴까? 'Nada'가 대체 뭘까? 대강의 뉘앙스를 알 것도 같고 모를 것도 같다. 사실, 'Nada'는 스페인어로, '허무'를 뜻하는 단어다. 중년의 웨이터가 읊조린 이상한 주기도문의 'Nada'를 '허무'로 바꿔 다시금 읽어보자.

허무에 계신 우리의 허무님,
당신의 이름으로 허무해지시고
당신의 왕국이 허무하소서.
하늘에서 허무하셨던 것과 같이 땅에서도 허무하소서.
우리에게 일용할 허무를 주시고
우리가 우리에게 허무한 것을 허무하게 한 것과 같이
우리의 허무를 허무하게 해주소서.
우리를 허무에 들지 말게 하시고
다만 허무에서 구하소서….

단어의 명확한 의미가 채워진 기도문은 끔찍할 정도로 쓸쓸하다. 참을 수 없는 고독감과 서글픔 같은 것이 훨씬 더 또렷하게 와닿는다. 단어의 명확한 의미와 어감을 알 때 뉘앙스가 더 확실하게 전해지는 것이다. 때문에 문학 작품에서도 단어의 의미를 파악하는 어휘력은 중요할 수밖에 없다. 노인에게는 모든 것이 허무였다. 바로 그 때문에 빛이 반드시 필요하고 또 나름의 깨끗함과 질서가 필요한 것이다. 그저 허무에 잡아먹히지 않기 위해 마지막으로 붙잡을 수 있는 피난처 같은 장소가 지구상 어딘가에 단 한 곳이라도 있다는 사실만으로 족한 것이다. 헤밍웨이는 이 기도문에 방점을 찍는 방식으로 아주 짧은 분량 안에 허무를 신랄하게 꽉 채워 그렸다. 그 착잡한 여운 또한 아주 오래간다.

'Nada'라는 스페인어를 아느냐 모르느냐를 이야기하고 싶었던 것은 아니다. 'Nada'는 그저 하나의 예시일 뿐, 여기서 중요한 것은 글을 읽고 싶지 않다거나, 공들여 읽어도 내용을 잘 파악하지 못하는 것은 어쩌면 어휘력의 장벽 때문일 수도 있다는 점이다.

EBS 주관 중3 대상 〈어휘력 진단 평가〉에서 10명 중 1명만이 다른 사람의 도움 없이 교과서의 세부적인 내용까지 이해할 수 있는 수준의 어휘력을 갖춘 것으로 조사됐다. 반대로 말하면 10명 중 9명은 부족한 어휘력 때문에 자기주도학습 자체가 불가능한 상황이라는 것이다. 모르는 단어가 나와도 무시하고 건너뛰다 보면 종국에는 내용을 제대로 이해할 수 없게 된다. 다행스럽게도 어휘력은 꾸준한 읽기와 사전 찾기를 통해 차곡차곡 쌓아갈 수 있는 능력이기 때문에 만회할 기회는 평생에 걸쳐 계속 있다. 그 기회를 붙잡을지 흘려보낼지를 선택하는 것은 각자의 몫이다.

Read the Book!

어니스트 헤밍웨이 지음, 하창수 옮김, 〈깨끗하고 불빛 환한 곳〉, 《어니스트 헤밍웨이》, 현대문학, 2013

Level up **나만의 단어장으로 시작하기**

모르는 단어를 기록해둘 나만의 단어장을 만들어보세요. 단어장을 만들 때는 유의어와 반의어를 반드시 포함하세요. 예문도 함께 기록하는 것을 추천합니다.

다독이 중요한가,
정독이 중요한가

다독이 중요한가, 정독이 중요한가 하는 질문을 던지면 대개는 (망설이며) "정독…?"이라는 답을 내놓는다. 많이 읽는 것보다 한 권을 읽어도 제대로 읽는 것이 의미 있을 것 같으니 정독이 다독보다 더 중요할 것도 같다. 단, '한 권을 읽어도 제대로 읽을 때'라는 전제가 있을 때 가능한 얘기다. 단 한 권도 읽지 않는 사람들이 다수인 상황에서 정독은 아무 의미가 없을 수도 있다. 그렇다면 일단 뭐라도 읽어야 하니 다독이 나을까? 정답은 다독도 정독도 아니다. 책에 대해 긍정적인 경험과 감정을 갖고, 책을 좋아하는 사람이 되는 것에 답이 있다. 책을 좋아하게 되면 그 과정에서 다독도, 정독도 절로 된다.

하지만 마음을 먹는다고 어느 날 갑자기 책을 좋아하는 사람이 되지는 않는다. 무엇보다 책은 나를 즐겁게 해주는 것, 재미있고 흥미로운 이야기들로 가득한 것임을 체감하는 경험이 차곡차곡 쌓여야 한다. 문해력을 키우기 위해, 혹은 지식을 쌓기 위해 꾸역꾸역 읽는 것이 아니라 말 그대로 너무 재미있고 너무 흥미로워서 저절로 책을 펼치게 되어야 한다. 뒷이야기가 궁금해서 안달이 나고 읽다가 전율이 슥- 밀고 올라오며 소름이 쫙- 돋아야 한다. 쉽고 재미

있는 이야기를 자꾸만 권하는 이유다. 그래서 앞서 공포 단편을 권하기도 했다.

유사한 맥락에서 이번에는 커트 보니것(Kurt Vonnegut Jr., 1922~2007)의 단편을 소개하고 싶다. 보니것의 단편들은 한 방이 있는 반전과 깔끔한 결말이 매력적이다. 장황하지 않고 시원스럽다. 그러면서도 가슴 한구석을 콕 찌르는 맛이 있다. 하지만 보니것의 단편을 읽기 초심자들에게 권하는 가장 큰 이유는 작가의 본의가 비교적 직접적으로 드러나기 때문으로, 바꿔 말해 읽기가 쉬워서다. 등장인물의 입을 빌어 직접적인 대사로 주요 메시지들이 전해지기에 독자 입장에서 (문해력이 조금 부족하더라도) 직관적으로 받아들이기 쉽다.

〈제니(Jenny)〉의 천재 공학자 조지는 아내 낸시를 본 따 만든 기계 여인(정확히는 냉장고다.)의 '완벽함'에 빠져 '불완전'한 진짜 낸시를 버린다. 낸시가 죽음을 앞두고 남긴 쪽지에는 '한때 신이 당신에게 사랑하라고 주셨던 불완전한 사람을 봐주길, 다시 불완전한 사람들 속에서 살아가는 불완전한 사람이 되어주길 바란다'는 내용이 명확히 적혀 있다. 〈100달러짜리 키스(The Hundred-Dollar Kisses)〉에는 '이 세상의 문제가 뭐냐'는 수사관의 질문에 '모두 사진에만 관심을 가지고, 피사체 자체에는 관심을 갖지 않는다'는 직설적인 대사가 나오기도 한다.

보니것의 단편에서는 세상사 어이없고 황당한 일들이 연달아 일어난다. 하지만 다행스럽게도 그냥 그렇게 막이 내리지는 않는다. 여기 등장하는 인물들은 그 안에서 뭔가를 배우고 다음 단계로 한 발을 떼는 모습을 보여준다. 누군가는 강제 교훈을 주려는 거냐며 유치하다고 할지도 모르지만 혹시나 있을지도 모를 그런 유치함은 보니것의 작품들 기저에 깔려 있는 야무지고 기발한 콘셉트, 그리고 따스함을 결코 앞서지 못한다. 비난하고 조소하고 조롱하고 혐오하는 일은 언제나 쉽다. 여기까지가 블랙 코미디의 영역이라면 보니것은 여기서 한 걸음 더 나아간다. 보니것의 작품에는 분명 우리는 더 좋은 사람이 될 수 있다는, 그래서 우리가 사는 세상도 더 나은 세상이 될 수 있다는 믿음이 있다.

보니것의 단편 중에서 내가 무척 좋아하는 작품 중 하나는 〈우주의 왕과 여왕(King and Queen of the Universe)〉이다. 부잣집 엄친아와 엄친딸인 헨리와 앤은 어느 날 밤 화려한 모습으로 공원을 가로지르다 기괴한 발명가 카핀스키와 마주친다. 카핀스키는 대뜸 그들에게 자기 집으로 함께 가서, 죽어가는 자신의 어머니를 만나 달라고 부탁한다. '우주의 왕과 여왕' 같은 모습의 두 사람이 아들 카핀스키의 발명품에 관심이 있고 심지어 구매하려는 모습을 보여주면 어머니가 편히 마지막 숨을 거둘 수 있으리라는 이유에서였다. 순진한 헨리와 앤은 그의 부탁을 받아들이고 '이런 곳에서도 사람이 살아?' 싶은 카핀스키의 집으로 간다. 그들의 연극이 성공을 거두려는 찰나, 경찰이 들이닥쳐 카핀스키를 체포하고 카핀스키의 어머니는 그 모습에 너무 놀라 즉사하고 만다.

보통의 단편이라면 이런 황당무계한 결말로 끝나도 무리는 아니다. 하지만 보니것이 전하고픈 이야기의 진정한 시작은 여기부터다. 온실 속에서 따뜻하고 편안하게 자라온 헨리와 앤은 카핀스키로 인해 온실 밖의 모습을 강렬하게 마주했고 이후 그들의 세상은 달라진다. 더불어 카핀스키의 세상 또한 달라진다. 세 사람은 그제서야 조금이나마 각자의 앞에 놓인 진짜 인생을 보게 된다.

작품 하나를 읽고 나서 "참 재미있었다" 이상의 감상을 남기려면 자신의 생각을 조금씩 덧붙여보는 경험이 필요하다. 자신의 생각이라고 해서 그것이 반드시 나만의 창의적인 의견이어야 할 필요는 없다. 내가 이전에 겪었던 사건, 했었던 생각, 혹은 이전에 읽었던 다른 책의 내용이나 실제 현실에서 벌어지는 일과 연결할 수도 있다. 뭐가 됐든 다른 기억과 연결시키는 것이 중요하다. 읽은 내용을 재료 삼아 생각할 수 있고, 그것을 말이나 글로 표현할 수 있어야 진짜 내 것이 되었다고, 진짜 제대로 읽었다고 할 수 있다. 읽고 생각하고 표현하는 이 세 과정이 하나의 사이클을 이루고 유기적으로 돌아갈 수 있게 만드는 것이 문해력이 최종적으로 가닿아야 하는 지점이다. 문해력은 어쩌면 그 자체로는 아무것도 아닐 수 있다. 우리가 문해력을 키우고자 하는 이유, 그것으로 이루고자 하는 것들, 이를테면 좋은 성적을 받거나, 일을 똑부러지게 해내거나, 타인과 소통을 원활하게 하는 것들은 모두 표현의 영역에 닿아 있다.

나는 〈제니〉를 읽고 오래전에 보았던 영화 「그녀(Her)」를 떠올렸다. 그와 더불어, AI와 6주간 채팅을 하던 벨기에 남성이 AI로부터 유해한 영향을 받아 결국 자살을 택했다는 기사를 몇 달 전에 본 일도 떠올랐다. 〈우주의 왕과 여왕〉을 읽은 뒤에는 나의 지난날과 지금에 대해 생각했다. 지난날의 나에게는 날카로운 비판을 무기로 삼은 냉소적인 사람들, 혹은 비관론자들이 멋져 보였다. 보니것스러운 믿음을 갖고 있는 사람들은 대책 없는 낙천주의자라고만 생각했다. 바보 같다고 생각한 적도 있었다. 하지만 지금의 나는 조금 다르게 생각한다. 진정으로 세상을 바꾸는 사람들은 이런 사람들이라는 것을 알게 되었기 때문이다. 방구석에서 남들을 비웃으며 그저 자기 잘난 맛에 사는 인간들은 결코 세상을 바꾸지 못한다. 나는 오늘도 책이라는 렌즈를 통해 세상을 보면서, 괜찮은 사람이 되겠다는 목표가 꽤나 멋진 것이며 심지어 실현 가능한 것이라는 점을 다시금 되새긴다.

Read the Book!

- 커트 보니것 지음, 이원열 옮김, 〈제니〉 〈100달러짜리 키스〉, 《세상이 잠든 동안》, 문학동네, 2018
- 커트 보니것 지음, 이원열 옮김, 〈우주의 왕과 여왕〉, 《카메라를 보세요》, 문학동네, 2019

Level up **닮은 작품 묶어보기**

최근에 읽은 단편과 함께 묶어서 추천할 수 있는 다른 책, 영화, 드라마, 노래 등을 정리해보세요.

치밀한 구성의
이야기,
소리 내어 읽기

사실 문해력은 글을 깨치고 적절한 읽기를 지속하면 저절로 따라오는 능력이었지만 적절한 읽기를 지속하지 못하는 이들이 많아진 요즘에는 상황이 좀 달라졌다. 비교적 최근에서야 문해력이 새삼스럽게 화두가 된 이유다. 제대로 읽지 못하는 사람들이 늘어나니 읽는 행위에 대한 기초부터 다시 정립해야 하는 상황이 온 것이다.

누구나 쉽게 읽고 쓸 수 있다는 것이 한글의 강점이다 보니 읽는 행위를 배워야 한다는 개념 자체가 어색한 것도 이해는 간다. 하지만 누구나 쉽게 읽고 쓸 수 있다는 것은 한글의 영역일 뿐, 그 이상도 이하도 아니다. 문해력은 그보다 상위 단계의 능력이다. 일단 글자를 읽는 것과 글을 읽는 것은 활성화되는 뇌의 물리적인 부위부터 다르다. 글자를 읽는 것이 시각 활동이라면, 글을 읽는 것은 글자를 읽고 난 후 그 의미와 맥락을 파악해서 내용을 이해하는 인지 활동이다. 즉, 글을 읽기 위해서는 뇌가 인지 활동에 더 많은 에너지를 써야 한다. 구체적으로는 전전두엽이 활성화되어야 가능하다. 필요할 때 전전두엽을 활성화시킬 수 있는 사람은 잘 읽을 수 있지만 이를 해내지 못하는 사람은 제대로 읽는 일이 어렵다고 한다. 글자를 읽는 데에 이미 너무 많은 에너지를 써버려 전전두엽이 제대로 움직이기도 전에 뇌가 탈진한다고 보면 된다.

전전두엽의 활성화를 위해서는 우선 글에 집중할 수 있어야 한다. 사실 집중력은 체력에 기반한다. 공부 역시 엉덩이로 하는 거라고 어른들이 말하지 않았던가. 체력이 부족하면 지구력이 떨어지고 지구력이 떨어지면 집중력이 떨어진다. 앉아 있는 것 자체가 괴롭고 힘든데 눈앞의 무언가에 집중할 수 있다는 건 어불성설이다. 그렇다고 글을 잘 읽으려면 체력을 올려야 하니 당장 운동을 시작하라는 말은 아니다. 비루한 체력으로도 글에 집중할 수 있는 가장 쉬운 방법 중 하나는 소리 내어 읽기, 즉 낭독이다. 이제 막 가나다를 배운 어린애들도 아닌데 왜 이런 남사스러운 방법을 써야 하냐고 물을지도 모르지만 소리 내어 읽기는 성인에게도 아주 유용하다.

뭔가를 읽는 일에 익숙지 않은 사람이 눈으로만 글을 읽다 보면 글자를 중간중간 빼고 읽기 쉽다. 문장 혹은 문단 하나를 통째로 건너뛰는 일도 은근 자주 일어난다. 소리를 내어 한 글자씩 읽으면 이런 문제를 상당 부분 교정할 수 있다. 낭독은 눈으로 글을 보면서 입으로는 소리를 내고 귀로는 내가 발성하는 소리를 듣는, 3박자가 앙상블을 이루는 감각 활동이다. 내 눈과 입과 귀를 바삐 놀리는 것만으로도 잡생각이나 방해가 될 기타 감각 자극이 들어올 기회를 훨씬 더 효과적으로 차단할 수 있다. 여러 부분을 활용한 경험은 실제로 기억에도 더 오래 남는다. 발음에 신경 쓰며 또박또박 읽는 것이 가장 좋긴 하지만 영 민망하다면 혼자 중얼중얼하는 정도로 시작해도 괜찮다. 중얼중얼도 아예 눈으로만 보는 것보다는 훨씬 낫다.

그런데 기나긴 글을 처음부터 끝까지 낭독한다는 것은 무척 힘에 부치는 일이라 낭독에도 역시 단편이 좋고, 기왕 소리를 내어 집중해서 읽을 거라면 단편 중에서도 치밀한 구성의 이야기가 좋다. 슬렁슬렁 읽어도 전체적인 맥락을 이해하는 데 어려움이 없을 그런 이야기보다는, 모든 것이 정교하게 계산되어 있어 하나를 놓치는 순간 길을 잃기 쉬운 이야기를 읽을 때 낭독을 통한 집중의 가치는 배가 된다.

이런 유형의 작품으로 최윤 작가의 작품들을 후보에 올리고 싶다. 치밀하게 계산된 단어와 그 단어들이 톱니바퀴처럼 딱딱 끼워 맞춰진 묘사를 부품이라고 본다면 최윤 작가의 작품은 그런 부품들이 정교하게 조합되어 이야기 전체를 이루고 있다. 덕분에 스펙터클한 사건이나 반전 없이도 이야기 전체에 긴장감이 흐르는데, 자극적인 재료들로 버무려 상투적인 긴장감을 만들어내는 이야기들과는 비교할 수 없는 매력을 준다. 허투루 쓰인 단어나 문장이 전혀 없어 굉장히 신경 써서 읽어야 하는 글이라 짧은데도 불구하고 헐레벌떡 읽어버릴 수 없는 이유가 여기에 있다. 쉽게 쓰이고 쉽게 읽히다 못해 쉽게 잊히는 글이 넘쳐나는 세상에서 이런 글은 어쩌면 뒤처진 듯 보일지도 모르지만 이런 엄격한 글을 읽는 연습은 필수적이다. 내 입맛에 맞는 헐렁한 글만 평생 읽으며 살 수는 없는 노릇이 아닌가. 그렇다고 문장 구조나 단어가 유달리 어려운 것도 아니다. 다만 휘릭 읽고 넘어갈 때보다 또박또박 소리 내어 읽을 때 그 여운이 더 길다는 것이다. 담백하고 담담한데 쓸쓸한 문장들을 소리 내어 읽으며 이런 문장들을 더 가깝게 만나볼 수 있다.

> 나는 가끔 희망이라는 것은 마약과 같은 것이 아닌가 하는 생각을 할 때가 있다. 그것이 무엇이건 그 가능성을 조금 맛본 사람은 무조건적으로 그것에 애착하게 된다. 그렇기 때문에 희망이 꺾일 때는 중독된 사람이 약물 기운이 떨어졌을 때 겪

는 나락의 강렬한 고통을 동반하는 것이리라. 그리고 그 고통을 알고 있기 때문에 희망에의 열망은 더 강화될 뿐이다. 김희진이 도착하던 날, 그녀의 피곤에 지쳐 눈 감긴 얼굴을 쳐다보면서 나는 이미 오래전부터, 나도 모르게, 그 성격을 규정하기 어려운 희망이란 것에 감염되었음을 알아차렸다. 그리고 그것이 결국은 어떤 형태로든 일생 동안 나를 지배하리라는 것도.

최윤 작가의 이야기는 저마다의 방식으로 겨우 살아내는 사람들의 이야기의 모음이지만 결코 허무하거나 무기력하지 않다. 그렇다고 '중꺾마(중요한 건 꺾이지 않는 마음)!'를 강조하는 건 더더욱 아니다. 최윤 작가는 삶에서 '겨우'가 '다시'가 되는 아주 작은 틈새의 순간을 그린다. 나 역시 우리의 삶을 움직이는 것은 거대하고 요란한 무언가라기보단 아주 작은 틈새라고 생각한다. 그 틈새로 슬며시 빛이 들어오면서 우리의 삶은 비로소 변화한다고 믿는다.

작가의 말을 슬쩍 엿보니, 최윤 작가는 진공과도 같은 침묵 속에서 글을 쓴다고 했다. 내면의 비밀스럽고 미세한 데시벨을 놓쳐버릴까 봐 방마다 돌아다니며 식구들에게 조용히 해줄 것을 요구하는 삶을 살았다고도 했다. 최윤 작가의 글을 읽어보면 이런 느낌이 뭔지 바로 알 수 있다. 정신 산만하고 시끄러운 곳에서는 도저히 나올 수 없는 사유가 가득해, 멀티태스킹, 더 나아가 다양한 부캐(요즘은 여기에 갓생살기까지 추가되어버렸다.)를 장착하는 일이 진리인 것만 같은 요즘 세태까지도 돌아보게 한다.

말하는 것은 인간의 본능일지 몰라도 읽는 것은 본능이 아니다. 인류의 역사는 선사시대 이전부터 수백만 년이나 이어져왔지만 문자가 개발된 역사는 5,000년 정도로 비교적 짧다. 즉, 읽는 능력은 후천적으로 개발해야 하는 범위이고 한번 개발이 됐다가도 잘 쓰지 않으면 다시금 퇴보하기도 한다. 바꿔 말하면, 읽는 능력은 평생을 거쳐 가꿔가야 하는 영역이라는 의미기도 하다. 성인이 되어 뇌 발달이 끝났다고 포기할 것이 아니라 적절한 훈련을 통해 잘 읽는 뇌로 바꿔갈 수 있고 또 그래야만 한다는 말이기도 하다.

앞서 전전두엽 이야기를 잠시 했는데 전전두엽은 글을 읽는 행위와 관련된 인지 활동만 관장하는 것이 아니라 우리 삶에서 수행되어야 하는 인지 활동 전반을 담당한다. 글을 읽지 않는 사람조차도 일을 할 때, 하다못해 놀 때마저도

인지 활동이 필수인데 이 부분을 효과적으로 훈련하는 방법은 역시 책 읽기라는 말을 하고 싶다. 읽어야 한다는 마음은 있는데 내 마음과 달리 집중이 안 되어 문제라면 오늘은 일단 입을 움직여보자.

Read the Book!

최윤 지음, 〈회색 눈사람〉, 《회색 눈사람》, 문학동네, 2017

Level up **읽기의 유익함 찾기**

평소에 조금 어렵게 느껴졌던 단편을 하나 골라 소리 내어 읽으며 녹음해보세요. 오디오 북을 만들어 부가 수익을 창출하는 일도 가능합니다. 낭독에 재미를 느낀다면 재능을 살려 시각 장애인 분들을 위한 '낭독봉사'도 추천합니다.

문해력을 높여주는 서점 투어

책을 좋아하는 사람은 어딜 가든 서점부터 찾는다. 실제로 SNS상에서 '#서점투어' 등의 해시태그를 찾아보면 적지 않은 게시물들을 확인할 수 있다. 그렇다. 누군가가 맛집을 검색할 때 누군가는 서점을 검색한다. 지금 이 순간에도 수많은 서점이 망하고 생겨나며, 누군가는 서점의 문을 열고 들어서고 있을 것이다.

내게 서점과 지도가 주는 위안은 서로 닮아 있다. 세상에는 내가 모르는 동네가 많고 그곳에 사는 사람들은 더 많고 그들 각자에게 나름의 사정이 있을 거라는 사실은 크나큰 위안이다. 지도에조차 표시되지 못할 정도로 아주 좁은 골목길과 작은 동네, 다시 말해 지도의 바깥에 존재하는 곳에도 사람이 살고 그들의 이야기가 존재한다는 사실, 책이 되지 못해 서점에 입성하지 못한 이야기들이 서점 바깥에 넘쳐난다는 사실은 그 자체만으로 내게 커다란 위안이 되어준다. 어찌 세상 모든 이의 모든 이야기가 모조리 지도 안에, 그리고 서점 안에 있을 수 있겠는가.

때문에 나는 낯선 동네에 갈 일이 생기면 반드시 그 동네 서점에 들른다. 볼일이 있어 생전 처음 들른 도시, 당근 거래 때문에 반 강제로(?) 발길이 닿은 곳, 출장차 방문한 장소, 휴가를 맞아 찾은 여행지 등 계기와 목적은 다양하지만 그 여정 안에는 늘 서점이 있다. 그렇게 국내의 여러 서점들을 방문했고 샌프란시스코, 암스테르담, 리스본, 도쿄와 후쿠오카 등에서도 발이 닳도록 서점을 들락거렸다. 특히 해외의 서점들을 방문할 때마다 나는 이번 생에는 내가 결코 알아보지도, 알아듣지도 못할 언어들로 가득한 공간 특유의 외딴 느낌을 끌어안으며 인간이란 과연 다른 인간을, 다른 세계를 이해할 수 있는 존재인가를 생각하곤 한다.

다른 방식의 삶을 생각하고, 짤막한 이야기들이 강력하게 훅 치고 빠지는 느낌, 그 빠져나간 자리에 느껴지는 뭔지 모를 텅 비어버린 느낌도 생각한다. 곧 나는 그간 내가 알던 언어, 내가 알던 이야기와 삶이 세상의 전부가 아니었음을 깨닫는다. 그렇게 나는 잠시나마 나를 감싼 주위 공기의 흐름이 바뀐 것 같은 기분을 낯선 나라의 낯선 서점에서 느낀다. 그리고 한국의 책들과는 다소 다른 이국적이고 독특한 모양새인 책들을 몇 권 골라 계산대로 간다. 대개는 아이와 함께 보기 위해 그 나라 작가가 그 나라 언어로 쓴 그림책을 선택하는데 그 과정에서 서점 직원과 짤막하나마 대화를 나누기도 한다.

이러니저러니 해도 결국 문해력을 향상시키는 가장 효과적인 방법은 책을 좋아하는 사람이 되는 것이다. 책을 좋아하는 이유는 사람마다 다르겠지만, 그중 하나가 서점투어가 될 수도 있지 않을까? 요즘은 서점 방문이 그저 SNS 꾸미기를 위해 소비되고 있다는 비판도 있지만 적어도 내가 내 발로 서점에 들어가 책을 가까이하는 행위를 '#서점투어'가 시작해줄 수 있다면, 그것만으로도 괜찮지 않을까 생각해본다.

내 예상이 맞는지
확인하기 위해
계속 읽어나가자

예측 또한 읽기에 집중할 수 있는 아주 좋은 방법이다. 마치 탐정이 된 듯한 기분으로 이야기 속 모든 증거를 끌어 모으면서 뒷이야기에 대한 궁금증과 기대감을 바탕으로 읽어나가는 것이 예측하며 읽기의 기본이다. 이때 대강 슥 보는 것이 아니라 복선이 될 수 있는 단어와 대사 등을 꼼꼼히 눈여겨 읽어야 한다. 책의 바깥에서 방관하는 자세로는 절대 불가능한 읽기 방식이다. 그렇다고 이 예측에 대단한 추리력이나 직감이 필요한 것은 아니다. '이야기를 축약해서 카드뉴스로 만든다면 어디에서 끊는 것이 가장 효과적일까, 그리고 그렇게 끊었을 때 어떤 댓글이 달릴까?'를 상상해보는 것 또한 비슷한 활동일 수 있다.

그런데 문해력을 위해 책을 읽는다면 절대 간과해서는 안 될 부분이 하나 있다. 이야기의 결말이 어떻게 될 것인가에만 집착하다 보면 많은 부분을 놓칠 수 있다는 점이다. 예측하며 읽기를 할 때도 그저 얼마나 충격적으로 끝날 것인가에만 초점을 맞추지 않도록 주의가 필요하다. 대개 재미난 이야기는 '기막힌 반전'을 보여주는 경우가 많고, 짧은 분량으로 독자에게 강렬한 인상을 남겨야 하는 단편의 경우는 더더욱 그러한데 그렇다고 해서 예상을 깨는 결말에만 집착하면, 개연성을 따지며 논리적으로 읽기가 잘 안 될 수 있다. 결말이 어느 정도 예상 가능하다는 것은 앞서 읽은 내용 중에 복선이 깔려 있었고, 이를 나름대로 잘 포착했다는 뜻이기도 하니 단편 읽기를 통해 문해력을 기르고자 하는 입장에서는 반가운 신호로 볼 수 있다. 이야기의 말미에서 예측이 맞으면 자신감을, 예측이 틀렸을 땐 놀라움을 마주하는 것은 읽기의 또 다른 재미기도 하다.

로알드 달(Roald Dahl, 1916~1990)의 작품들은 이런 방식으로 읽기에 딱 좋다. 로알드 달은 〈찰리와 초콜릿 공장(Charlie and the Chocolate Factory)〉〈제임스와 슈퍼 복숭아(James and the Giant Peach)〉〈마틸다(Matilda)〉 등으로 아이들에게 친숙한 작가인데 워낙 이쪽으로 유명하다 보니 그를 좀 삐딱하고 냉소적인 동화 작가 정도로만 아는 이들이 많지만, 사실 로알드 달은 짧은 이야기가 주는 특유의 속도감과 기막힌 반전으로 독자를 끌고 가는 타고난 이야기꾼이다. 아이들이 읽는 동화 작가의 작품이라고 해서 수준이 낮거나 유치할 것이라는 선입견을 갖고 있었다면 그런 것들은 잠시 내려놓아도 좋다. 로알드 달의 작품 중에는 그로테스크(생각해보면 〈찰리와 초콜릿 공장〉 안에서도 신체가 변형되고 훼손

되는 등 기괴한 일들은 계속 벌어진다.)하거나 아주 교활하고 악랄한 인물들이 등장하는 등 좀 더 '어른의 맛'에 가까운 것들도 많다.

로알드 달의 단편 중 〈윌리엄과 메리(William and Mary)〉라는 이야기를 한번 보자. 칵테일을 마시는 자잘한 일부터 아이를 낳는 큰일까지 평생을 남편 윌리엄의 억압 속에 살아온 메리. 남편의 죽음 후 메리는 한 통의 편지를 받는다. 자신이 죽더라도 과부답게 똑바로 행동하라는, 술도 담배도 안 되고 페이스트리 빵도 먹지 말고 립스틱도 바르지 말라는 사소하면서도 강압적인 윌리엄의 유언. 그리고 연구팀이 윌리엄의 뇌와 안구 한 개를 두개골에서 적출, 인공 심장과 연결해 사망 전의 온전한 상태로 유지할 것이니 실험 성공 여부를 확인해달라는 내용이었다. 메리는 실험실을 방문하여 실험이 성공했음을, 링거액으로 가득찬 커다란 대야에 담긴 남편의 뇌와 안구가 제기능을 하고 있음을 확인한다. 메리는 불현듯 남편에게 애정을 느끼며 남편의 뇌와 안구를 집으로 가져가겠다고 연구팀에 선언한다.

이 이야기는 이후 어떻게 전개될까? 메리는 왜 갑자기 죽은 남편의 뇌와 안구를 가져가겠다는 그로테스크한 선언을 한 걸까? 죽고 못 살았던 불멸의 연인도 아니고 그저 평생 자신을 옭아맨 남편을…. 여기서 메리가 애당초 고어(gore)한 취향이었기 때문이라는 식으로 이야기가 풀린다면 다소 개연성이 떨어진다. 힌트는 부부의 과거, 그리고 윌리엄의 마지막 편지 속에 있다.

볼 수 있고, 생각할 수 있으며, 눈으로 감정을 표출할 수도 있는 윌리엄, 하지만 그게 다다. 움직일 수도, 막말을 퍼부을 수도, 분노를 무기로 아내의 행동을 제어할 수도 없게 된 그의 앞에서 메리는 드디어 당당하게 담배를 꺼내 문다.

> 노려봐도 소용없어요. 아무리 노려봐도 소용없다구요. 이제부터 당신은 내 애완동물이에요. 나 메리가 하라는 대로 하는 거죠. 알아들어요?

이제는 불평도, 비난도 없을 테고, 끝없이 늘어놓던 훈계도 없을 테고, 지켜야 할 규칙도 없고, 담배를 못 피우게 하지도 못할 테고, 셔츠를 빨 필요도, 다릴 필요도, 식사 준비를 할 필요도 없다. 게다가 이제 메리는 인공 심장의 전원 버튼 하나로 남편의 생존까지 마음대로 결정할 수 있다.

무엇이든 자기 뜻대로 하고 평생 동안 아내를 애완동물 취급하며 숨통을 조여왔던 남자에게 이보다 더 가혹한 형벌이 있을까? 〈윌리엄과 메리〉는 이렇듯 기괴하지만 깜찍한 복수극이다.

〈목사의 기쁨(Parson's Pleasure)〉이라는 이야기도 예측하며 읽기에 꽤 어울린다. 보기스는 시골 촌구석을 돌며 오래된 살림살이를 매입해 처리해주는 일을 하고 있다. 그런데 사실 그가 매입하는 살림살이들은 주인이 값어치를 몰라 아무렇게나 쓰고 있는 고가구와 미술품 들이다. 보기스는 시골집에서 대충 쓰는 개밥그릇이 엄청난 값어치의 청화백자라는 걸 알아보고, 그런 물건들을 찾아 헐값에 매입해 부자들에게 비싸게 팔아 이윤을 남긴다. 그 과정에서 시골 사람들의 신뢰를 얻기 위해 선량한 목사인 척 위장까지 하고 다니는 것이다.

어느 날 보기스는 한 시골 농가에서 18세기 영국 명품 가구를 발견하고 흥정에 들어간다. 티를 내면 주인이 값을 높게 부를까 봐 보기스는 이 가구는 형편없는 모조품이라고 비하하며 본체는 필요 없고 다리만 필요하니 다리 값만 쳐주겠다는 조건을 내건다. 가구의 진짜 값어치를 모르는 주인은 이에 응하고 보기스가 가구를 싣고 갈 차를 가져오겠다며 자리를 비운 사이 '어떤 일'이 벌어진다.

대강의 결말이 예상되는가? 보기스가 원하는 대로 이 가구를 순순히 얻어가지 못할 것임은 대략 감지가 됐다. 구체적으로는 어떤 일이 벌어질까? "본체는 필요 없고 다리만 필요하다"는 대사가 복선이다. 커다란 가구가 차에 실리지 않으면 거래가 취소될까 우려한 주인은 보기스가 돌아오기 전, 가구를 모두 도끼로 깨부수어 장작으로 만들고 다리만 남긴다.

로알드 달의 단편은 인간의 오만함을 한껏 드러낸 캐릭터들의 잔치라고도 볼 수 있다. 이야기 속에서 욕망을 가진 오만한 인간들은 충돌하다 제 꾀에 걸려 넘어진다. 로알드 달은 그것을 추잡스럽거나 역겹지 않게 그리면서도 막판에는 통쾌하고 짓궂게 한 방을 먹인다. 그 한 방은 때로는 우리의 기대감에 못 미쳐 아쉽기도 하고, 때로는 방심하고 있는 와중에 뒷통수를 '뿅' 하고 내리치는 느낌을 주기도 한다. 대개는 우스꽝스러운 결말을 맞지만 촌철살인의 교훈이 있어 가볍게 읽을 수 있음에도 결코 경박하지 않다.

오랜 기간 읽기에 매진하게 하는 힘은 재미에서 온다. 지식 습득, 문해력 향상 등 특정한 목표가 있더라도 일차적인 목표는 반드시 재미여야 한다. 집중해서 읽고 집요하게 읽고 집착하듯 읽으려면 책 읽기는 골치 아프고 따분한 일이라는 선입견을 깨야 하는데 그것 또한 재미만이 해낼 수 있다. 골치 아픔과 따분함을 흥미진진한 스토리와 깜찍한 반전으로 상쇄할 수 있음을, 더불어 내 예측이 맞는지 확인하기 위해 계속 읽어나가는 행위의 즐거움을 더 많은 사람들이 느껴볼 수 있기를 바란다.

Read the Book!

- 로알드 달 지음, 정영목 옮김, 〈목사의 기쁨〉, 《맛》, 교유서가, 2021
- 로알드 달 지음, 정영목 외 옮김, 〈윌리엄과 메리〉, 《클로드의 개》, 교유서가, 2021
- 로알드 달 지음, 지혜연 옮김, 《찰리와 초콜릿 공장》, 시공주니어, 2019
- 로알드 달 지음, 지혜연 옮김, 《제임스와 슈퍼 복숭아》, 시공주니어, 2019
- 로알드 달 지음, 김난령 옮김, 《마틸다》, 시공주니어, 2018

Level up **내가 원하는 결말을 찾아서**

모든 단편의 결말이 내 마음 같지는 않아요. '내가 작가라면 이렇게 마무리하지 않을 텐데'라는 생각이 들 때도 있죠. 최근에 읽은 단편 소설 중 하나를 골라 결말을 변경해보세요. 아예 뒷이야기를 이어 자신만의 속편을 써보는 것도 좋습니다.

문해력을 높여주는 서가 만들기

AI와 빅데이터, 클라우드 등 최신 기술과 효율이 강조되는 시대, 인터넷만 켜도 각종 정보가 공짜로 쏟아지는 시대에 책을 사고 읽고 모은다는 것은 어떤 의미일까. 문학은 우리가 숨기고픈 가장 예민한 부분을 치열하게 이야기하기 때문에 타인을, 더 나아가 나 자신을 이해하는 데 훌륭한 도구가 되어준다. 정성스럽고 아름다운 그림, 혹은 사진으로 가득한 그림책과 사진집은 이 너저분하고 험한 세상에서 잠시나마 마음을 내려놓고 쉬어갈 수 있도록 우리를 돕는다. 비문학은 특정한 주제에 대한 누군가의 끝 모를 열정과 탐구하는 자세를 배우게 하는 동시에 안일한 나의 마음가짐을 반성하게 한다. 이렇듯 모든 책은 우리에게 어떤 방식으로든 배움을 주고 동시에 안식처가 되어준다. 상징과 암

호로 가득찬 하루하루를 해석하며 내 발로 걸어나갈 힘, 즉 문해력을 키워주는 것은 두말할 필요도 없다. 때문에 어두운 밤이든 어스름한 새벽녘이든 상관없이 언제든 불을 밝힐 수 있는 나만의 작은 서재는 항상 고맙고 소중한 존재다.

단편, 그리고 문학에 대해 이야기를 하다 보면 전집에 대한 이야기도 왕왕 나온다. '문학 전집, 살까요, 말까요?' '문학 전집은 어떤 출판사 것이 가장 좋은가요?' 하는 질문도 꽤나 자주 받는다. 하지만 나는 전집을 통으로 구매하는 부분에 있어 별 고민이 없다. 내가 좋아하는 주제나 좋아하는 작가의 책이 한 출판사에서 동일한 시리즈로만 계속 발간되는 것이 아니기에 그때그때 찾아 모으면서 특정 주제나 특정 작가를 다루는 나만의 전집을 만드는 일을 즐기고 있어서다. 물론 이럴 경우 책들의 외양은 천차만별인지라 한데 꽂아두면 들쑥날쑥, 위로 솟아오르고 앞으로 튀어나오고 두께도 제각각에 책등의 모습도 다 달라 난리법석이 될 수밖에 없다. 질서정연하게 전집을 꽂아두었을 때 뿜어져 나오는 특유의 정갈한 기운은 절대 따라갈 수 없지만 책은 꽂아 놓았을 때보다 펼쳤을 때 더 의미가 있는 물건이라 생각하기에 나는 전집에 대한 미련은 크게 없는 상태다.

좀 더 구체적으로 이야기해보자면, 나는 내가 좋아하는 책들을 따로 모아 '○○서가'와 같이 나름의 이름을 붙여 꾸려놓았다. 이런 사소한 행위 하나하나가 책을 더 좋아하게 하고 읽는 일을 더 즐겁게 한다. 이 서가들은 누군가에게 보여주기 위한 것이 아닌지라 그 구분도 느슨하고 명확한 규칙도 없어 난잡하기 그지없지만 그중 두 가지만 소개해본다.

○ **자연 서가**(especially 고양이 서가)

동식물과 관련된 책을 모아놓은 나의 '최애' 서가이다. 동식물과 관련된 책이라면 일차적으로 그 생태에 대해 과학적으로 저술한 책이 먼저 떠오르는데, 요즘은 단순히 그 수준을 넘어 이 분야에 대한 예술적, 문학적, 윤리적, 사회적 관심도가 증가하면서 관련 책들이 점점 늘고 있다. 그러다 보니 내 서재에서 자연 서가가 차지하는 비중 또한 계속 커지고 있다. 굳이 따지자면 아직까지는 식물보다 동물 관련 책이 좀 더 다양한 편이다.

동물을 주요 소재로 한 문학 작품과 반려동물 혹은 반려식물과 함께 하며 느낀 점들을 기록한 에세이, 동물 학대가 왜 사회적으로 문제가 되는지에 대해 분석한 서적, 그리고 동물 실험과 그에 따르는 인간으로서의 윤리에 대한 책, 문학 작품 속에 등장한 식물에 얽힌 이야기 책, 멸종 동물에 관한 도감, 동물과 함께한 여행서 등이 우리 집의 자연서가를 빼곡히 채우고 있다. 그중 내가 가장 좋아하는 책은 동식물을 소재로 한 그림책과 동화책, 삽화집 및 화보집으로, 이런 책들은 책을 '읽는다'가 아니라 책을 '본다'는 말을 실감하게 해준다. 그중에서도 가장 친애하는 고양이 분야 책들은 아예 따로 자리를 마련해 '고양이 서가'로 빼두었다. 각종 고양이 책이 쏟아져 나오고 있어 즐거운 요즘이다.

○ 음식 서가

음식 서가라고 하면 요리책이 가장 먼저 연상된다. 나는 요리 그 자체에 대한 관심보다는 지난 여행을 추억하는 용도로 요리책을 모으기 시작했다. 그 나라나 지역의 특색 있는 요리에 대한 책을 펼쳐보는 것만으로도 충분히 지난 여행을 추억할 수 있으니까. 이런 용도의 책들은 마음 내킬 때 따라할 수 있도록 그 나라 언어보다는 영어로 된 책을 선호하는 편이다. 이렇다 보니 요리책이 내 음식 서가에서 많은 부분을 차지하기는 하지만 음식과 관계 있는 책에 요리책만 있는 것은 아니다. 식당 및 카페에서 만난 사람들과의 이야기, 음식으로 풀어낸 역사서와 철학서, 요리가 아닌 식재료 자체 혹은 식기에 집중한 교양서, 문학 작품에 등장해 호기심을 자극했던 요리에 대한 책, 특정 작가와 관련된 요리 기행서, 미식 여행기 등 음식 서가의 스펙트럼은 꽤나 다양하다. 일상 생활과 친숙한 소재여서 그런지 이 분야는 독립 출판물도 많은 편이라 독립 서점들을 다니며 개성 있는 결과물들을 찾아 모으는 재미도 쏠쏠하다.

물론 그때그때 끌리는 책으로, 충동적으로 업어 오는 경우도 많다 보니 나만의 서가에 포함될 수 없는 책이 훨씬 많기는 하다. 나는 책은 충동구매용 상품이라고 생각한다. 기본적으로 특정한 책은 다른 책으로 대체가 불가능해 오래도록 여러 후보군의 책들을 놓고 비교 분석에 가까운 고민을 한다고 딱히 다른 결론이 나지 않는다. 도서정가제 아래에 있으니 최저가를 찾아 발품을 팔 일도 없다. 이렇듯 사회적으로 기대되는 합리적인 소비가 불가능한 품목이 책이다. 다만 여기서의 충동이란 무절제한 소비 혹은 낭비보다는 '읽고 싶다'는 충동, 더 나아가 '알고 싶다'는 지적, 문화적 충동에 가까울 것이다. 하지만 요즘은 여러모로 이런 충동을 느낄 기회도 여력도 줄어드는 세상인 것 같아 새삼 아쉽다. 책을 멀리하는 세상에서 문해력을 성장시키기는 쉽지 않다. 그렇기에 반대로 문해력이 더 빛을 발할 수 있는 세상이 된 것도 같다.

ADVANCED

문해력을 높여주는 단편

읽기를 문학으로
시작해야 하는
이유

읽기를 잘하고 싶다면 논리적이고 실용적인 정보성 글, 다시 말해 비문학 위주의 독서를 해야 하는 것은 아닐까? 사실 우리가 일상에서 만나는 글들은 신문 기사, 전자제품 설명서, 공지글, 안내문, 계약서, 레시피와 같이 전부 비문학이다. 그러고 보면 문학을 읽는 일은 정보와 지식을 얻는 데 별 도움이 되지 않는 것 같기도 하다.

하지만 그럼에도 나는 잘 읽기 위해서는, 잘 못 읽는 사람일수록 더더욱 문학 읽기부터 시작해야 한다고 생각한다. 일단 문학은 스토리가 있어 재미있고 등장인물들이 겪는 갖가지 사건들이 흥미롭다. 읽기에 취미가 없는 이들이 스토리가 없는 글을 읽기는 생각처럼 쉽지 않다.

구슬이 서 말이어도 꿰어야 보배이듯, 책을 통해 습득한 것들은 내가 알고 있던 지식 혹은 경험과 엮일 수 있을 때 진짜 내 것이 되며 이런 능력은 꽤 많이 읽어본 사람만이 소유할 수 있다. 특히 정보성이 강한 비문학적인 글은 글 안에서 캐낸 정보를 구조화하여 자신의 지식으로 통합시킬 수 있어야 하고 그 정보를 유용한 때 적절한 방식으로 꺼내놓을 수 있어야 한다. 그런데 문해력이 부족하면 힘들게 읽었다 하더라도 이 모든 것을 자기만의 방식으로 엮어내지 못해 파편화된 상태로 남겨둘 가능성이 크다. 파편화된 지식은 그다지 와닿지 않고 와닿지 않으니 이런 걸 알아봐야 뭐 하나 싶고 의미 없게 느껴진다. 무엇으로 시작하고 단련할까에 있어 그 순서를 말하는 것일 뿐, 비문학을 포기하란 말은 아니다. 읽기가 어려운 사람이라면 스토리성이 강한 문학으로 시작하는 것이 좋고, 오랜 시간 집중력을 유지하기 어려우니 문학 중에서도 짤막한 글을 고르는 것이 더 좋겠다는 의견이다.

또한 문학은 논리적이고 실용적인 글과는 또 다른 방식으로 우리 뇌에 신선한 충격을 준다. 소위 문학 소녀 혹은 소년 같은 감수성만의 문제는 아니다. 우리는 문학을 통해 다양한 삶의 조각과 그보다 더 다양한 인간의 모습을 마주하며 세상을 보는 시각을 넓힐 수 있다. 베트남의 국민 작가로 통하는 반레는 서로에게 다가가기 위해, 책을 들고 이야기를 많이 나누어야 한다고 말했다. 서로를 이해하고 양해를 구하며 도움을 주고받고 더 나아가 서로 사랑하는 데 책이 좋은 수단이 되어줄 수 있다고도 했다. 직접 가서 보고 듣고 경험하는 것보다 때로는 책이 더 넓고 깊은 경험과 사랑을 줄 수 있다. 책 읽기의 장점을 이야기할 때 늘 꼽는 것

중 하나가 간접 경험인데, 직접 경험이 수박 겉핥기 정도로 그칠 여지가 클 때는 책 읽기가 더 나은 대안이 될 수 있다. 그 책이 얇고 가벼운 단편 모음집이라 할지라도 책은 우리의 상상 이상으로 힘이 아주 세다.

이야기 속의 등장인물과 한마음 한뜻이 되어 자신의 깊은 곳으로 들어가 내밀한 감정을 느끼다 보면 표현하기 다소 막연했던 나의 감정을 작가가 정제해놓은 문장으로 만날 수도 있다. 이런 일은 책을 통해서만 가능하다. 물론 일상적인 대화 중에, 자신의 의지와 관계 없이 굴러가는 인생에 대해 "나는 인간이란 커다란 여행가방 같은 것이라고 생각한다. 무언가로 채워지고 움직이기 시작하고 내동댕이쳐지고 덜컹거리며 보내지고 잃어버려졌다가 다시 찾아지고 갑자기 반쯤 비워지거나 아니면 더 꽉꽉 채워지다가 마침내 궁극의 기차에 홱 올려놓으면 덜그럭거리며 사라져버린다"라는 식으로 말하는 사람은 없다. 그러나 나는 이 표현을 보고 정말이지 무릎을 탁! 치고야 말았다. 당장 모든 것을 끝장내버리고 싶을 만큼 괴로운 것은 아니지만 어딘가 모르게 "이건 아닌데…" 싶은 기분을 '여행가방'이라는 똑 떨어지는 비유에 담다니! 휘몰아치는 감정적인 쓰나미보다는 잔잔하게 빛나는 윤슬을 표현하는 데 분명 더 어울리는 솜씨다.

위의 비유적 글은 캐서린 맨스필드(Katherine Mansfield, 1888~1923)의 한 단편에서 따온 것이다. 캐서린은 남녀간의 미묘한 관계와 그 사이를 가르는 감정을 아주 날카롭고 섬세하게 포착하는 작가다. 이런 이야기들은 자칫하면 통속적인 연애담이 되기 쉬운데 캐서린은 특유의 재능으로 이 지점을 교묘하게 피해 간다. 그 와중에 시시때때로 나타났다 사라지며 하루에도 열두 번씩 바뀌는 여러 감정들을 있는 그대로 그려낸다. 별것도 아니라면 아닐 수 있는, 아주 사소한 감정의 틈바구니에서 갈팡질팡하는 인물들은 안쓰럽기까지 하다.

꽃 가게와 골동품 가게를 오가며 돈을 쓰는 것이 취미인 상류층 부르주아 여성인 로즈메리는 비 오는 저녁 귀갓길에 차 한 잔 마실 돈을 구걸하는 스미스라는 한 여성을 만난다. 로즈메리는 스미스를 굳이 자신의 집으로 데려와 차 한 잔은 물론이고 그 이상의 음식까지 대접하며 선의를 베푼다. 하지만 로즈메리의 선의 속에는 마치 자신이 도스토예프스키의 소설 속 주인공이 된 것 같은 일종의 연예인병과 낯선 이에게 바라는 것 없이 선의를 베풀었다는 점을 친구들에게 자랑할 수 있겠지? 하는 얄팍한 허세도 함께한다. 한편 로즈메리의 남편 필립은 너무 쉽게 낯선 여자를 집에 들인 그녀를 이해하지 못한다. 그런데 "길에서 데려온 것 치고 저 여자는 너무 예쁜데?"라는 남편의 말에, 잠시 후 로즈메리는 '스미스가 돌아가겠다고 고집을 부려 어쩔 수 없이 돌려보냈다'고 말한다. 그리고 의미심장한 얼굴로 필립에게 한 가지를 묻는다.

〈차 한 잔(A Cup of Tea)〉 속 로즈메리의 선의는 그닥 아름답지 않다. 얼핏 위선적으로 보이기까지 한다. 남편의 말 한마디에 그날의 연극이 쉽게 무너지는 것으로 보아 로즈메리의 한계는 필립 안에 있다는 사실 역시 적나라하게 드러난다. 한 사람에게는 아주 간절한 무엇이 다른 사람에게는 친구들에게 자랑할 이야깃거리에 불과한 것 또한 씁쓸하다. 그럼에도 어찌됐건 스미스에게는 로즈메리의 선의가 실질적인 도움이 되었을 것이다. 스미스의 입장에서는 본인을 지나쳐버린 수많은 사람들보다는 로즈메리가 훨씬 더 나은 인간일 수 있다.

캐서린의 단편 대부분은 등장인물이 배경 소개 없이 다짜고짜 시작된다. 스무 고개를 하는데 우리는 질문을 할 수 없고 캐서린이 제시하는 단서들만 하나씩 받아가며 인물과 사건, 배경을 그려내야 한다. 마지막 단서를 받아들고 전체 그림이 완성되는 순간, 줄곧 생기발랄하고 예쁘장했던 이야기는 갑자기 예기치 못한 서늘한 그림으로 훅 바뀌며, 그 와중에 분위기는 모호하고 결말도 명확하지 않다. 딱히 기승전결을 따르는 것 같지도 않다. 때문에 이전에 소개했던 다른 작품들에 비해 분명 난이도가 있다.

꽤 난해하다고 평할 수도 있겠다. 하지만 나는 캐서린의 이야기들을 만나고 나서, 세심하게 미주알고주알 알려주는 작품과는 또 다른 매력이 불친절한 이야기 안에 있음을 알게 됐다. 사람의 감정, 특히 남녀 사이의 '내 마음 나도 몰라' 하는 감정들은 명확하게 똑 떨어지는 게 아니니 더더욱 그렇다. 앞서 문학의 재미는 대개는 스토리에 있다고 했지만 사실 그렇지 않은 작품도 세상에는 많이 있고 그런 작품들에는 또 그들만의 맛이 있다. 나는 단편 덕후로서 캐서린의 단편들은 지극히 단편다운 단편들이라고 말하고 싶다.

어디선가 그런 말을 보았다. 한국인들은 끝마무리가 깔끔한 걸 좋아한다고. 그래서 영화든 드라마든 책이든 결론이 확실히 나눠야 하고 열린 결말에는 평가가 박하다고 말이다. 그런 시각에서 본다면 캐서린의 단편들은 찜찜하기 이를 데 없다. 그렇지만 우리의 삶은 현재진행형이기 때문에 결론이 없는 게 더 현실적인 것 아닌가 하는 생각도 한다. 그 사실에 수긍할 것인지, 아니면 불확실한 세상, 책에서만큼은 확실한 결말을 보길 고집할 것인지는 개인의 자유지만 때로는 말로 표현되지 않은 대사 속에 더 많은 진실이 담기도 한다는 점은 기억해둬야 할 것이다.

캐서린의 또 다른 작품인 〈가든 파티(The Garden Party)〉의 마지막 장면에서 사춘기 소녀 로라는 빈민가의 상갓집에 다녀오는 길에 인생이란 어떤 것인지를 고민한다. 그러나 달리 설명할 길이 없어 "인생이란… 인생이란…" 하고 말을 더듬을 뿐이다. 이에 오빠 로리는 "인생이란 원래 그런 것 아니겠니?" 하며 로라의 심정을 알아준다.

이렇듯 문학은 다른 이의 정신 세계로 들어가 일상적이지 않은 일들을 마주하게 한다. 새로운 시각으로 세상을 보는 경험은 재미를 넘어 감동의 영역에 가 닿게 하기도 한다. 이 정도 되면 읽기의 매력에 이미 깊이 빠진 셈으로, 읽지 말라고 뜯어말려도 몰래 숨어서라도 읽게 된다. 몰래 숨어서 읽을 지경이 되었다면 문해력을 걱정해야 하는 단계는 지났다고 봐도 좋을 것이다.

Read the Book!

- 캐서린 맨스필드 지음, 구원 옮김, 〈차 한 잔〉, 《차 한 잔》, 코호북스, 2022
- 캐서린 맨스필드 지음, 구원 옮김, 〈가든 파티〉, 《프렐류드》, 코호북스, 2022

Level up 내가 권하는 단 하나의 단편

처음으로 읽기를 시작하는 이들에게 권하고 싶은 단편을 하나 꼽고, 그 이유를 정리해보세요.

완독의
기쁨과 함정,
인터벌 독서법

만약 양육자로서 내 아이를 위해 엄마 혹은 아빠인 내가 먼저 문해력을 키워야겠다는 마음으로 이 글을 읽고 있다면 아이들에게 친숙한 작품을 우선순위에 올릴 수도 있다. 아예 아이들과 같이 읽을 수 있는 작품으로 골라서 그 이야기를 소재로 이런저런 대화를 나누거나 의미 있는 질문을 던져보는 것도 좋다. 이런 면에서 오스카 와일드(Oscar Wilde, 1854~1900)의 작품을 물망에 올려볼 수 있다. 오스카 와일드의 모든 작품이 아이들과 함께 읽기 적절하다곤 할 수 없지만 황금과 보석으로 치장된 왕자의 동상과 남쪽 나라로 떠나지 못한 제비가 살신성인의 자세로 도시의 빈민들을 돕는 〈행복한 왕자(The Happy Prince)〉를 비롯한 여러 작품은 함께 읽고 이야기를 나누기에 꽤나 적절하다.

오스카 와일드의 〈캔터빌의 유령(The Canterville Ghost)〉 또한 어린이 뮤지컬로 연출되어 무대에 곧잘 오르는 작품이다. 이 이야기는 정통 고딕 공포물의 탈을 쓰고 있지만 'PPL이야?' 싶게 실소가 터지는 장면이 여럿 나오는 것을 비롯하여 배가 아플 정도로 너무너무 웃기다. 이 이야기는 유령의 집이라며 모두가 꺼리는 캔터빌 저택으로 미국 국적의 오티스 가족이 이사를 오면서 시작된다. 집에 들어선 가족들이 가장 먼저 발견한 것은 벽난로 옆의 피 얼룩이다. 저택의 늙은 가정부는 그 얼룩은 캔터빌 경에게 끔찍하게 살해당한 아내의 핏자국이라는 설명을 덧붙이며 으스스한 분위기를 더하지만 오티스 씨의 첫째 아들 워싱턴은 '핑거튼의 챔피언 얼룩 지우개'와 '패러건 세제'만 있으면 못 지울 것은 세상에 없다며 오래된 피 얼룩을 말끔하게 지운다. 가족들을 겁주기 위해 온몸에 사슬을 감고 나타난 유령에게 오티스 씨는 사슬이 삐걱거리는 게 기름칠이 필요할 것 같다며 '태머니라이징선 윤활유'를 건네고, 기괴한 유령의 웃음 소리를 들은 오티스 부인은 유령에게 '닥터도벨팅크'를 권한다. 이 가족에게는 그 어떤 방법도 통하지 않는다. 매번 그 현상을 해결할 수 있는 상업적인 제품이 있는 것이다!

단편은 대개 묶음으로 만나게 되고 오스카 와일드의 단편들 또한 그렇다. 쉽고 재미있는 이야기가 한 권의 책에 꽉 들어차 있는데 각각 다 흥미로워서 하나하나 읽다 보면 제법 많은 페이지를 후루룩 넘기고 어느새 완독을 하게 된다. 앞서 문해력을 위해서는 정독이 중요한 것도, 다독이 중요한 것도 아니고 책을 좋아하는 사람이 되어야 한다고 했었다. 책을 좋아하는 사람이 되는 과정에는 완독의 기쁨 또한 큰 비중을 차지한다. 몇 페이지를 읽어내는 것도 버거웠던 내가, 하나둘 맛깔스런 이야기에 빠져 어느새 100페이지도 넘는 책을 끝까지 읽어내는 경험은 앞으로 지속해나갈 읽기 생활에 꽤나 큰 의미가 된다.

앉은 자리에서 책의 첫 장부터 마지막 장까지 한 번에 몽땅 읽어야 한다는 강박을 가질 필요는 없다. 몇날 며칠이 걸리든, 몇 번을 끊어 읽든 그런 것에는 크게 의미를 두지 않아도 좋다. 나 또한 한 번에 한 권을 모두 읽어내는 일은 드물고 주로 이야기 단위로 끊어 읽는다. 이렇게 하면 완독의 부담은 덜어지면서도 읽기 행위 자체에는 나름의 완결성이 생긴다. 뭐가 됐든 한 권의 책을 포기하지 않고 전부 읽었다는 것이 완독의 포인트이고 그 완독이 '재미없는데 억지로 참고 읽었어'가 아니라 '재미있어서 계속 읽다 보니 어느새 다 끝났네? 중간중간 빵 터지기까지 했네?'가 된다면 금상첨화다.

다만 완독에만 집착하다 보면 분량이 적고 쉬운 책만 줄줄이 읽게 될 수도 있다. 이 부분은 자칫 다독가들이 빠지기 쉬운 함정이기도 하다. 문해력은 의외로 근력 운동과 유사한 부분이 많다. 근력 운동에서 가벼운 무게를 꾸준히 드는 것과 드는 무게를 점점 올리는 것은 효과가 다르다. 가벼운 무게를 꾸준히 드는 것은 이미 있는 근육을 단련시켜 더 탄탄해지게 하지만 근 두께 자체를 늘리지는 못한다. 내 몸 상태에 맞지 않는 고중량에 도전했다가는 부상을 입게 될 수도 있어 주의해야 하지만 근 두께를 키우기 위해서는 적절한 시점에 반드시 적절하게 증량을 해줘야 한다. 그렇다고 계속 고중량만 치는 것도 근육이 쉽게 지칠 수 있어 그닥 바람직하지 않다.

문해력도 마찬가지다. 읽는 데 재미를 어느 정도 붙였다면 이후에는 다양한 난이도의 책을 고루 섞어 읽는 단계로 가야 한다. 예를 들어 다섯 권의 책을 읽는다면 세 권은 내 수준에 잘 맞고 재미있는 책, 한 권은 앞서 읽어본 세 권과 비슷하지만 조금은 더 어려운 책, 또 한 권은 이전에 보지 않은 완전히 새로운 장르(비문학 포함)나 몰랐던 작가의 책 등으로 구성하는 식이다. 이번 책을 읽느라 머리에 쥐가 날 뻔했으니 다음 책은 즐겁고 쉬운 걸 읽자. 이번 책은 수월하고 편하게 읽었으니 다음 책은 좀 더 난이도 있는 걸 읽자. 이런 식의 읽기가 '인터벌 독서법'이다. 예시로 든 것처럼 3:1:1로 꼭 맞추지 않아도 된다. 중요한 것은 1의 두 자리를 비워두는 것이다. 모든 독서 생활을 3으로 채운다면, 아무것도 읽지 않는 것보다야 백 번 낫기는 하나 문해력은 제자리걸음일 수도 있다. 특히 3:1:1 중의 마지막 1에 해당하는, 이전에 보지 않은 완전히 새로운 장르나 몰랐던 작가의 책에 도전할 때는 완독의 부담을 조금 내려놓고, 맛보기하듯 접근하는 것이 바람직하다. 완독하면 참 좋겠지만 그게 안 된다고 해도 '어찌 첫 술에 배부르랴?' 하는 마음으로 편하게 읽어보자. 포기하지 않고 읽고 읽고 또 읽다 보면 언젠가는 이 1이 3에 포함되는 날이 반드시 온다.

책 읽기의 최종 목표는 '언제나 책을 읽는 사람'이 되는 것이다. 문해력이 어느 정도 오르면 멈추는 것이 아니라 평생 읽는 사람으로 사는 것이 궁극적인 지향점이 되어야 한다. 평생 읽는다는 것은 평생을 책에만 빠져 본업도 내팽개치고 책벌레처럼 살라는 게 아니다. 내가 필요할 때 읽고, 읽은 것을 제대로 이해하고 활용할 수 있는 사람이 된다는 것이다. 현생에 치여 비록 읽기 생활을 드문드문 이어가더라도 말이다.

지금부터 20년 후에 인기 있을 직업의 70%는 아직 존재하지 않는다고 한다. 여러 측면에서 불확실한 부분이 너무 많은 세상이라, 지금 배우는 지식 그 자체는 20년 후의 미래에 직접적으로 활용되지 못할 가능성도 있다. 그렇다고 공부할 필요가 없다는 말은 절대 아니다. 반대로 우리는 평생을 공부하며 살아야 하는 처지가 되었다는 의미에 더 가깝다. 평생 공부할 필요를 느끼고 계속해나간다는 마음과 함께, 새로운 것을 체득할 수 있는 기본적인 역량을 갖춘 사람의 가치가 더 빛을 발할 수밖에 없는 시대다. 뭐가 될지 지금으로선 알 수 없지만, 우리는 새로운 것 역시 읽고 생각하고 쓰고 말하면서 배울 것이다. 든든한 문해력을 바탕으로 책을 통해 새로운 지식을 캐내어 내 것으로 체득시킬 수 있다면, 미래에 무엇을 공부하든 걱정할 필요가 없을 것 같다.

미래에는 더 쉽고 편리하고 효과적인 학습 방법이 나오지 않겠냐고? 아쉽게도 이는 인간의 뇌 구조가 물리적으로 바뀌지 않는 한, 불가능한 일이다.

Read the Book!

오스카 와일드 지음, 정영목 옮김, 〈캔터빌의 유령〉 〈행복한 왕자〉, 《오스카 와일드 작품선》, 민음사, 2009

Level up **인터벌 독서법 실천하기**

인터벌 독서법을 적용, 나만의 3:1:1 큐레이션을 해보세요. 3:1:1 큐레이션 후, 실제로 각각을 읽는 시간을 어떻게 배분할지 일정표도 함께 정리해보세요.

그림책으로 끌어올리는 문해력

나는 문해력과 뗄 수 없는 또 하나의 요소가 바로 그림이라 생각한다. 작가란 기본적으로 '세상에 하고 싶은 말이 있는 사람'이고 작품이란 '그 말의 결정체'이다. 문해력을 그 말을 찾아내고 이해하는 능력이라 정의한다면, 그림을 잘 보고 해석하는 것 역시 문해력과 닿아 있으며 좀 더 구체적으로는 이를 시각적 문해력이라 부를 수 있다. 즉, 그림의 설정과 이야기를 읽어내는 힘이라 보면 이해가 쉽겠다.

여기서 말하는 그림은 유명한 미술관에서 볼 법한 고전 명화일 수도, 갤러리에 걸린 '저런 건 나도 그리겠다' 싶은 현대 미술 작품일 수도 있다. '수준 높은 그림들을 읽고 해석한다고? 그런 건 미술사를 줄줄 꿰고 있는 전문 도슨트나 가능한 일 아냐?' 싶어 자신이 없다면 우리에게 친숙한 그림책으로 눈을 먼저 돌려보자.

그림책을 읽는 방법은 크게 두 가지다. 글을 먼저 읽고 그림을 볼 수도 있고, 그림을 먼저 보고 글을 읽을 수도 있다. 그게 뭐가 중요한가 싶겠지만 둘 중 무엇을 먼저 보느냐에 따라 때로는 그 느낌이 완전히 달라지는 것이 그림책의 매력이라 할 수 있다.

기본적으로 그림책은 각 페이지마다 그 순간 가장 강조되어야 하는 부분을 그림에 담는다. 글은 그림의 어떤 부분을 중점적으로 봐야 할지를 안내하는 동시에 그림에서 명확하지 않은 부분을 콕 짚어 설명하는 역할을 한다. 더불어 추상적이고 비유적인 그림에서 이해하기 어려운 부분을 깔끔하게 정리해주기도 한다.

그런데 역설적으로 단어와 문장의 형식을 빌어야 하는 글은 오히려 표현이 한정적일 수 있어, 때로는 그림에 더 많은 이야기가 담기기도 한다. 눈에 보이지 않는 행간을 이해하는 데 그림이 큰 도움을 주는 것이다. 쉽게 말해 그림이 이야기를 끌고 간다고 해야 할까? 때문에 그림책을 읽을 때는 그림에서 느낀 바를 토대로 글을 재해석하는 연습도 필요하다.

그림책을 제대로 읽기란 결코 만만치 않다. 분량이 제한적이라 전체 이야기 중 상당 부분이 생략될 수밖에 없어 독자들이 시각적 문해력을 동원해 그림을 보면서 행간과 설정을 적당히 유추해야 하는 경우가 많기 때문이다. 예를 들어, 우리가 그림책 한 페이지를 넘기는 찰나의 순간 동안 이야기 속에서는 하루가 혹은, 1년이 지날 수도 있고, 이야기의 배경이 갑자기 바뀔 수도 있다. 작가는 그것을 '다시 봄이 찾아왔습니다' 혹은 '이번엔 바닷속으로 가볼까요?'와 같은 문장을 동원해 친절히 설명하기도 하지만, 경우에 따라서는 아예 생략시키기도 한다. 이렇듯 그림책에 담긴 이야기의 압축성은 단편과도 상당 부분 닮아 있는데, 이런 부분에서 길을 잃고 해매지 않게 돕는 것이 바로 시각적 문해력이다.

그림책 읽기를 논하다 보면 아이코노텍스트(ICONOTEXT)라는 개념이 곧잘 언급된다. 이는 그림책의 글과 그림을 명확히 분리하지 않고 한 덩어리로 볼 때, 여러 가지 해석이 동시에 가능해지는 그림책만의 특징을 말한다. 그림책의 글과 그림은 단순히 한 페이지 안에 함께 배치된 수준을 넘어 상호보완적인 역할을 한다. 이를테면 엄마가 아이에게 잔소리를 하는 장면에서 그 잔소리의 내용이 본문의 다른 문장들과는 다르게 유달리 뾰족하고 공격적인 폰트로 쓰여 있다거나, 또 그 잔소리가 엄마의 입에서 아이 쪽으로 쏜살같이 날아가고 있는 형태로 배치되어 있는 것들이 전부 아이코노텍스트가 될 수 있다. 때때로 이 개념은 책 표지나 판형, 제본 방식 등 책을 이루는 물리적인 요소 전부를 아우르기도 해 우리의 문해력이 가닿는 범위를 글 바깥까지 확장시켜준다. 글의 내용만 이해하는 데 그치는 것이 아니라 왜 이 문장을 여기에 두었을까, 이 책은 왜 이런 크기로 만들었으며 왜 이런 표지를 선택했을까, 여기에는 어떤 의미가 있을까를 생각해보고 숨겨진 의미를 이해하게 하는 것이 바로 아이코노텍스트의 힘이라 할 수 있다.

정리하자면 그림책을 볼 때는 글로 표현된 부분과 그림으로 표현된 부분 양쪽을 고루 살피면서 내가 제대로 이해한 것이 맞는지 다시금 되짚어보는 연습을 해보는 것이 좋다. 이 과정에서 글을 통해 이해한 것 중 부족한 부분을 그림을 통해 보완하거나, 반대로 그림을 통해 이해한 것 중 부족한 부분을 글로 보완하는 일이 가능해지고, 그 둘이 협력하며 훨씬 더 깊고 넓은 문해가 가능해진다.

그림책은 어린애들이나 보는 것이라는 편견은 많이 사라진 것 같지만, 그럼에도 여전히 많은 어른들은 쉬이 그림책을 손에 쥐지 못한다. 하지만 그림책의 그림은 글과 함께 어우러져 일종의 완결성을 가진다는 점에서 문해력에 관심 있는 이들에게 아주 좋은 도구가 되어줄 수 있다. 이번 주말에는 연습도 해볼 겸, 그림책을 한 권 읽어보는 건 어떨까?

그림책의 그림을 어느 정도 해석할 수 있게 되었다면 약간의 자신감을 갖고 근처 미술관으로 나서보는 것도 좋겠다. 작품 옆에 달린 제목과 해설을 바탕으로 그림을 해석할 수 있고, 반대로 그림을 먼저 보고 제목을 유추해볼 수도 있으니 미술관은 하나의 거대한 그림책이자 시각적 문해력을 향상시킬 수 있는 연습장이 되어줄 것이다.

문해력이
세상을
바꾼다

아무리 그래도 책 좀 안 읽는다고 일상에서 큰일이 날까. 그보다 우리가 일상에서 피하고 싶은 일들은 상황에 맞지 않는 멘트를 쳐서 '갑분싸(갑자기 분위기 싸해지는 상황)'를 만들거나, 예약 취소 조항을 잘못 이해해 생돈을 날리거나, 분명 레시피에서 시키는 대로 한 것 같은데 숯덩이가 나왔다거나 하는 등, "맙소사!" 소리가 절로 나올 일들이다. 이런 일들을 최대한 피하는 방법은 뭘까? 그게 바로 문해력이다. 아쉽게도 문해력을 키우는 일은 책 읽기와 직접적으로 연결되어 있다. 때문에 '책 좀 안 읽는다'면 안타깝지만 큰일이 날 수 있다.

눈치는 삼라만상 인간사가 돌아가는 큰 맥락을 읽어내야 챙길 수 있는 감각이고, 실속 있는 선택이란 자고로 텍스트에 담긴 정보를 제대로 읽어낼 수 있어야 가능한데 이 모두를 소설 읽기를 통해 야무지게 챙길 수 있다는 것이 내 생각이다. 꼭 자기계발서라는 딱지가 붙은 책을 읽어야 자기계발이 되는 건 아니다. 세상 모든 책은 자기계발서가 될 수 있다.

사실 문해력에 가장 중요한 것은 꾸준히 읽는 것이라, 일정 수준의 문해력 향상은 적당한 재미와 난이도의 작품을 꾸준히 읽는 것만으로 가능하다. 그럼에도 앞서 인터벌 독서법을 언급한 것은, 계속 읽다 보면 그 수준을 넘어야 할 때가 분명히 오기 때문이다. 또한 비슷한 것만 계속 읽다 보면 소위 '책태기'가 올 수도 있다.

그래서 이 장에서는 앞서 소개한 인터벌 독서법에서 '1'에 해당되는 작품을 소개하려고 한다. 그건 바로 도리스 레싱(Doris Lessing, 1919~2013)의 단편들이다. 도리스 레싱은 초보자가 섣불리 도전할 경우 남은 평생에 걸쳐 책이 싫어지거나, 자신의 문해력에 자괴감을 느끼게 할 수 있을 법한 작가다. 결코 쉽지 않다. 문장이 어려워서가 아니라 글 자체가 워낙 암시적이고 함축적인 부분이 많아서다. 때문에 읽을 때마다 느낌이 달라질 수 있고, 사람에 따라 해석한 내용이 제각각일 수도 있다.

그렇다면 우리는 왜 이토록 어려운 도리스 레싱의 작품에까지 도전해야 하는 것일까? 첫째, 재미 위주든 뭐든 그간 꾸준히 단편을 읽어왔다면 문해력이 어느 정도 올라왔을 터. 중간중간 이런 난이도 있는 글들을 시험 삼아 읽어보며 내 문해력이 지금 어디까지 왔는지 확인해보는 과정이 필요해서다. 둘째, 도리스 레싱은 가부장제 안에서 자신만의 일과 삶을 갖지 못한 여성이 어떻게 말라죽어가는지를 여성의 목소리로 예리하게 표현하기 때문이다. 이 이야기들은 오늘날 우리의 이야기일 수 있다.

남녀 간의 불꽃 튀는 사랑이 지나간 자리에 남는 것은 과연 무엇일까? 이 질문에 있어 도리스 레싱은 여성의 사유와 감정에 오롯이 집중한 답을 내놓는다. 나는 이런 측면에서 도리스 레싱의 작품 중 특히 〈19호실로 가다(To Room Nineteen)〉를 좋아한다. 이 작품이 '어떤 감정은 끝끝내 공유될 수 없다'는 사실을 아주 신랄하고 적나라하게 보여준다고 생각해서다. 우리는 타인의 처지와 감정을 이해할 수 있다고 생각하지만 이는 착각일 수 있다. 심지어 아주 위험한 착각….

능력과 지성을 갖춘 완벽한 여성 수전은 사회적으로 요구되는 아내와 엄마, 가정의 안주인의 역할을 해내며 무엇이 문제인지도 모르는 채로 서서히 병들어간다. 어느 날 수전은 낯선 도시에 위치한 낯선 호텔의 19호실에서 익명의 한 개인이 되어 처음으로 온전히 혼자가 되어본다. 19호실에서 수전은 아무 일도 하지 않는다. 그저 혼자 의자에 앉아 멍하니 시간을 보낸다. 그것만으로도 조금은 숨통이 트인다. 하지만 자꾸 수전이 밖으로 나돌자 남편 매슈는 수전에게 불륜 상대가 생겼으며, 아내가 밀회를 위해 더러운 싸구려 호텔 방을 매일같이 들락거린다고 생각한다. 수전은 부정하지 않는다. '나는 사실 그 방에서 아무것도 하지 않는데 그럼에도 그 방이 없으면 나는 이 세상에 존재하지 않는 사람인 것 같다'는 복잡다단한 감정을 설명하느니, 차라리 멋진 애인이 생겼다는 거짓말로 남편을 이해시키는 일이 더 쉬워서다.

나는 수전과는 다르다고 자신할 수 있는 여성이 있을까. 그때나 지금이나 여성이 온전히 혼자가 되는 것은 쉽지 않다. 끝없는 집안 살림과 돌봐야 할 가족, 해결해야 할 일, 시도 때도 없이 울려대는 전화…. 사회적으로, 전통적으로 여성에게 요구되는 일들은 대개 해도 해도 티가 나지 않는 것들이다. 상황에 맞게 가사 도우미를 쓰고, 아이를 교육 기관으로, 남편을 직장으로 내보낸다고 해도 궁극적인 문제는 해결되지 않는다. 수전 역시 그렇다. 자신만의 일과 자신만의 삶을 갖지 못한 여성에게는 그 어떤 선택도 최선일 수 없다. 19호실 또한 그저 미봉책일 뿐인 것이다. 수전이 최종적으로 선택한 방법조차 그녀가 서서히 병들어왔다는 지점과 상통하는 부분이 있어 더 마음이 아팠다.

맥락이란 본래 행간에 숨겨진 메시지를 읽는 일이지만 때때로 그 행간은 텍스트 이상의 것을 의미하기도 한다. 텍스트를 통해 나 자신을, 내가 속해 있는 사회를 둘러볼 때 한 단계 높은 차원의 해석 또한 가능해진다. 도리스 레싱의 작품들이 어려운 이유는 사회적인 맥락을 모르면 제대로 읽히지 않는 경우가 많기 때문이기도 하다. 만약 이 이야기를 수전 개인의 문제로 국한해서 본다면, 복에 겨운 한 가정주부의 에피소드에 불과할 수도 있다. 그보다는 수전과 유사한 상황에 놓인 여성들 전반의 문제로 읽어낼 때, 이 이야기는 명품이 되고 우리의 읽기에도 더 큰 힘이 생길 수 있다.

나는 작가의 본분은 답을 제시하는 것보다 문제를 제기하는 쪽에 더 가깝다고 생각한다. 그런데 작가들이 아무리 문제를 제기한다 한들, 아무도 읽지 않거나 기껏 읽고도 부족한 문해력 탓에 요지를 파악하지 못한다면 종국에는 다들 무엇이 문제인지도 모르는 그런 세상이 오지 않을까? 사회 전반적인 문해력이 낮아진 상황에서 문학은 그저 신선놀음 그 이상도 그 이하도 아닌 것이 되어버릴 수 있다. 문학이 세상을 구원하려면 일단 사회 구성원 다수의 단단한 문해력이 바탕이 되어야 한다. 그런 의미에서 나는 문해력이 세상을 구원할 수 있다고 믿는다.

Read the Book!

도리스 레싱 지음, 김승옥 옮김, 〈19호실로 가다〉, 《19호실로 가다》, 문예출판사, 2018

Level up **도리스 레싱의 다른 작품에 도전해보기**

도리스 레싱의 작품은 장편들도 그닥 길지 않고 나름의 충격적인 사건을 바탕으로 이야기가 흘러가기 때문에 읽을 만합니다. 〈19호실로 가다〉의 주제 의식에 흥미를 느꼈다면 〈다섯째 아이〉도 읽어보고 느낀 점을 간단하게 써보세요.

감정의 역치를
낮춰주는
문해력

문학이 주는 대부분의 즐거움은 탄탄한 스토리에서 온다. 발단–전개–위기–절정–결말에 이르는 다섯 단계의 흐름과 절정에서 쏟아지는 카타르시스! 모든 떡밥은 회수되고 권선징악에 기반한 사이다 같은 결말까지! 어찌 후련하지 않겠는가. 드라마나 영화 역시 대개는 이런 구조를 따른다. 그런데 어째 드라마도 영화도 점점 더 자극적으로 변하는 추세다. 오렌지 주스를 뿜고 김치로 싸대기를 후려치는 건 이미 옛날 일로, 귀여울 정도다. 잔인한 장면의 수위는 눈 뜨고 못 봐줄 만큼 높아진 지 오래다. 하지만 이건 작가들의 문제만은 아니다. 그렇지 않으면 사람들이 안 보니까! 16부작짜리 드라마를 20분짜리 요약본으로 만들고, 그걸 또 20초짜리 쇼츠로 만들어 보는 세상이니 직설적이면서도 자극적인 장면들로 채울 수밖에 없는 상황이라는 항변도 공감은 간다. 사실 일회성으로 이런 콘텐츠들을 즐기는 것은 큰 문제가 아닐 수도 있다. 문제는 이런 자극에 익숙해지다 보면 점점 더 강한 자극을 원하게 된다는 점에 있다. 빰을 치는 것만으로는 성에 차지 않으니 머리끄덩이를 잡아줬음 싶고 머리끄덩이로도 부족한 듯 싶으니 아예 바닥에 쓰러트리고 구둣발로 짓밟아줬으면 싶어진다. TV 속에서라도 원수 같은 존재가 그렇게 얻어맞고 망가지는 모습을 보면 속이 다 시원하다는 생각이 들 수도 있지만 이런 방식으로 분노를 푸는 것은 장기적으로 봤을 때, 결코 바람직하다고 할 수 없다.

폭력물을 많이 보면 폭력적인 사람이 된다고 단정하는 것은 아니다. 그보다는 감정의 역치가 한 번 올라가면 실제 삶이 단조로워질 수 있다는 점이 더 문제라고 생각한다. 웬만한 것에는 재미와 흥미를 느끼지 못하니 매사가 심심하고 무료하다. 남들이 감동이라고 하는 영화를 봐도 그닥 와닿지 않고 더 자극적인 것, 더 수위 높은 것만 찾게 될 수 있다. 우리의 일상 속에서 벌어지는 일들은 대개 미묘한 것들이고 주위 사람들과의 관계도 한 끝 차이에서 판가름이 나곤 하는데 감정의 역치가 높을 경우엔 이런 감정선을 제대로 인지하지 못하는 상황이 벌어질 수도 있다.

문해력이 특히나 매력적인 이유는 이러한 감정의 역치를 낮춰준다는 데 있다. 문해력이란 텍스트로 쓰인, 시각적 자극이라고는 눈곱만치도 없는 글자들 사이에서 아주 은근하게 표현된 무언가를 온전히 내 힘으로 찾게 하는 능력이다. 이런 능력치가 다소 낮을 때는 재미난 스토리 라인에 기반한 글 위주로 읽을 수밖에 없지만, 어느 정도 지난 후에는 재미만을 좇는 수준을 넘어 더 다양하고 넓고 풍부한 감정의 세계로 나아가는 시도를 하는 것이 좋다.

이런 연습은 줄거리 그 자체보다는 상황이나 분위기, 혹은 등장인물의 심리 상태 묘사에 집중하는 이야기, 바꿔 말해 서사가 명확하지 않은 이야기를 통해 시도해볼 수 있다. 문해력을 렌즈라고 본다면, 렌즈의 배율을 좀 더 높여 이전보다 조금 더 작고 미묘한 의미를 찾는 일을 해보자는 것인데, 윌리엄 트레버(William Trevor Cox, 1928~2016)의 단편들이 이런 시도를 해보기에 아주 좋다. 평범한 삶에서 비범한 이야기를 끌어낸다는 평을 받는 단편의 거장 윌리엄 트레버의 작품 중 내가 가장 좋아하는 이야기는 바로 〈피아노 선생님의 제자(The Piano Teacher's Pupil)〉이다. 일반적인 책 사이즈 기준으로 분량이 10페이지가 채 안 되어서 가볍게 읽기에 부담도 없다.

미스 나이팅게일은 아버지가 물려준 집에서 간간이 피아노 레슨을 하며 나름 평온한 삶을 누리고 있다. 어느 날 천재성을 지닌 조용한 소년이 그녀를 찾아온다. 레슨 때마다 소년의 연주는 그녀를 황홀경으로 이끌고 그녀는 소년이 올 때마다 격하게 행복해한다. 하지만 소년이 다녀갈 때마다 그녀의 자잘한 물건들이 하나씩 사라진다는 것을 알게 되고는 이내 당혹감에 빠진다.

이야기는 이후부터 예상치 못한 방향으로 흐른다. 소년의 좀도둑질로 인해 견고했던 감정의 기반이 흔들리며 나이팅게일은, 아내와 사별하고 홀로 딸을 키워낸 헌신적이고 다정했던 아버지가 사실은 자신을 평생 곁에 붙잡아두고 주저앉힌 것은 아닌지, 자신과 16년간이나 밀회를 즐기며 아내와 헤어지고 돌아오겠다던 유부남이 사실은 그럴 마음도 없으면서 자신을 기만한 건 아닌지 새삼스럽게 의심하며 불면의 밤에 시달린다. 대관절 그게 좀도둑질과 무슨 상관인가 싶겠지만 때때로 삶이란 아주 작은 균열로 인해 무너지기도 한다는 점을 생각해보면 조금은 이해가 가기도 한다.

시간이 흘러 소년이 더 이상 레슨을 오지 않게 되면서 그녀의 일상은 평온을 되찾는다. 그러던 어느 날 훌쩍 커버린 소년이 돌아온다. 소년은 훔쳐간 물건들을 돌려주기 위해 찾아온 게 아니다. 사실 어린 시절에 탐냈던 자잘한 물건 따위는 모두 잊었을지도 모른다. 소년은 그저 피아노 앞에 앉아 예전처럼 그녀를 위해 연주한다. 그러고는 예전처럼 그녀의 인정을 기다리며 미소를 짓는다.

이 이야기의 백미는 벌어진 일들과 등장인물들을 평가하지 않고 있는 그대로 바라본다는 것에 있다. 소년이 오지 않게 되자 나이팅게일은 자신이 의심한 그 모든 것이 진실이었음을 알게 된다. 하지만 아버지가, 그리고 자신의 연인이 설령 의도한 것이었다고 해도 이미 다 지나간 일이고 회상 속에서는 진실이 문제가 덜 된다는 사실도 받아들인다. 그녀는 인간의 나약함과 탐욕이 예술이나 사랑처럼 완전 무결한 것들에 어떻게 흠집을 내는지를 이해해보려고 노력한다. 하지만 소년이 돌아와 피아노를 연주하고 그녀에게 미소를 지었을 때, 세상에는 이해할 수 없는 일이 벌어지고 그 와중에 또 균형이 이루어지니 그것만으로 충분하다는 사실을 새삼 깨닫고야 만다.

이 이야기는 시종일관 고요하고 차분하다. 좀도둑질이 벌어지고 그로 인해 마음의 평화가 깨지지만 일시적일 뿐 여전히 나이팅게일은 기품을 잃지 않는다. 지난날에 대해 분노를 폭발시키거나 울분을 터트리는 대신, 모든 것을 그대로 받아들이고 흘려 보낸다. 스펙터클한 사건과 입체적인 인물들의 향연, 그리고 소름 돋는 반전에 익숙한 이들에게는 밋밋하고 따분할지도 모르겠다. 하지만 이 이야기는 불완전하고 이해할 수 없는 삶 자체, 그 안의 모순 자체가 경이라는 것을, 그리고 그녀를 통해 우리 역시 그것을 바꾸거나 거스를 권리가 없음을 은연중에 알려준다.

이 작품은 감동이 한 방에 와닿는 글이라기보단 잔향과도 같은 여운이 오래도록 남는 글이다. 문장들은 하나같이 평이하고 담백한데, 그런 문장들 모두가 맥락상 적절한 위치에 놓여 있어 감동 포인트가 된다. 성실하게 차곡차곡 쌓인 문장들은 금세 후루룩 읽고 치워버리기에 너무나 아깝다. 앞장으로 돌아가 다시 읽는 수고로움을 기꺼이 감내하게 하는 우아한 글이다. 서사가 명확하지 않아도 그 나름의 맛이 있다. 그 맛을 어렴풋이 알 것 같다면 좀 더 고난이도의 맥락 읽기를 통해 줄거리 바깥의, 조금 다른 계열의 재미를 맛보는 데 일단은 성공한 셈이다. 우리의 문해력 또한 어느새 한 뼘 올라왔다고 봐도 좋겠다. 오늘은 축배를!

Read the Book!

윌리엄 트레버 지음, 민승남 옮김, 〈피아노 선생님의 제자〉, 《마지막 이야기들》, 문학동네, 2023

Level up **나는 언제 무엇에 어떻게 반응할까**

감정적으로 반응하는 지점과 상황은 사람마다 다릅니다. 나는 어떤 상황과 기분일 때 예민하게 반응하는지 정리해보세요.

누워서 읽는 책

나는 토막 독서에 적합하면서 동시에 누워서 볼 수 있는 책을 선호한다. 단편을 좋아하는 가장 큰 이유 중 하나이기도 하다. 그러나 모든 단편이 이런 조건에 맞지는 않다. 특히 '누워서 볼 수 있는 책'은 책의 내용보다도 책의 판형과 제본 방식에 크게 좌우된다. 흔히 하드커버라고 불리는 양장본은 너무 무겁다. 책의 판형이 작으면서 양장본인 경우에는 그나마 누워서 그럭저럭 볼 만하지만 판형이 크면서 양장인 책을 누워서 보는 일은 팔 운동이나 진배없다. 잠시 한눈을 팔다 보면 이런 책들은 정면으로 내 얼굴을 덮친다. 누워서 스마트폰을 보다 얼굴에 떨어트려 코가 골절되는 사례가 생각보다 많다는 사실을 아실런지. 이런 책들은 스마트폰보다 훨씬 무겁다. 코가 아니라 안와 골절을 야기할지도 모른다. 그렇다면 옆으로 누워서 보는 건 어떨까? 옆으로 누워 책을 보다 보면 팔뚝에 깊은 흔적이 남는다. 저린 팔을 바꿔보려 돌아눕기는 또 왜 이리 힘든지.

요즘 사람들은 가볍고 휴대하기 편한 책을 선호한다는 말이 있으나 그건 반은 맞고 반은 틀렸다. 당장 큰 서점에 나가 매대를 살펴보면 답이 나온다. 가장 먼저 눈길을 사로잡는 것은 큰 판형에 표지가 화려한 책일 수밖에 없다. 하드커버와 소프트커버가 함께 놓여 있다면 당연히 하드커버에 손이 간다. 일단 고급지다. 한 번이라도 더 눈길을 받아야 판매가 되기 때문에 그 책을 읽는 과정에서 수반되는 독자의 불편함 같은 것은 알면서도 무시할 수밖에 없을지도 모른다. 운동이나 싸움도 그렇지만 책도 마찬가지다. 체격 차이를 뛰어넘기는 현실적으로 힘들다.

미국이나 유럽에서 서점을 구경하다 보면 같은 책도 다양한 판형과 제본 형태로 판매되고 있는 것을 볼 수 있다. 양장과 반양장, 페이퍼백에 문고판까지. 책의 형태와 가격에 있어 선택의 폭이 넓다고 할 수 있다. 한편 한국 도서 시장에서 이런 선택은 사실상 불가하다. 그래서인지 사람들은 너무 쉽게 '한국 출판사들은 괜히 모든 책을 하드커버로 만들어서 비싸게 판다'라고 말하곤 한다. 내가 이 바닥에 있어보니 이 말 역시 반은 맞고 반은 틀렸다.

한국에서는 오히려 양장 도서가 지나치게 저렴한 편이다. 양장과 페이퍼백이 얼마 차이 나지 않는 가격이라면 대체 누가 페이퍼백을 선택하겠는가. 페이퍼백의 가격을 더 낮추면 되지 않느냐고? 종이도 원가가 있어서 페이퍼백이라고 마냥 가격을 내릴 수는 없다. 또 하나의 이유는 독서 인구 자체가 너무 적다는 것. 그 와중에 책을 내돈내산 하는 비율은 더 적은데 일단 시장이 커야 다양한 물건을 내놓을 수 있는 것은 당연지사다. 책이란 기본적으로 박리다매가 되어야 어느 정도 수지타산이 맞는 제품이다. 박리여도 다매가 되지 않는 경우가 많다는 게 함정이긴 하지만, 다매를 시도해보려면 (우리가 학창 시절에 그리도 달달 외웠던) 소품종 대량생산이 되어야만 한다. 선택의 폭이 좁다 못해 없다시피 한 이유가 여기에 있다. 다행히 단편집들은 대개 작은 판형에 반양장(한국에 진짜 페이퍼백은 사실상 전무하다.)인 경우가 많아서 이러한 고충이나 고민에서 아주 약간은 자유롭다. 물론 단편을 100개씩 때려넣어 만든 벽돌책은 제외다.

조금 다른 얘기지만 나는 내가 다녀왔던 나라의 언어들로 출간된 〈어린 왕자(Le Petit Prince)〉를 모으는 취미가 있다. 비행기를 탈 때마다 그 동네 서점에 들러 〈어린 왕자〉를 산다. 솔직히 말해, 〈어린 왕자〉를 엄청 좋아하지는 않는다. 굳이 따지자면 생텍쥐페리의 책 중에선 〈야간비행(Vol de Nuit)〉을 더 좋아한다. 하지만 전세계 어딜 가나 있는 책은 〈야간비행〉이 아니라 〈어린 왕자〉다. 이 책은 중국, 미국, 사우디, 노르웨이, 몽골, 이집트에도 있다. 같은 이야기를 담은 책이라 할지언정 여러 나라의 〈어린 왕자〉들은 다들 판형도 제각각이고 사용한 폰트나 디자인에도 차이가 있다. 어떤 책은 우리 기준으로는 '책등에 인쇄를 거꾸로 한 것 아닌가?' 싶은 경우도 있고 왼쪽으로 넘기며 보는 책, 세로 쓰기 책도 있다. 양장, 반양장, 문고판 등 제본 형태도 다양하고 반짝이를 올리거나 책에 케이스를 씌우는 등 후가공 면에서 정성을 담뿍 얹은 경우도 있다. 책이 다 그게 그거다 싶으면서도 디테일에 제법 차이가 있는데, 이는 그 동네 사람들이 어떤 책을 더 선호하는지에 대한 힌트가 되기도 한다. 책을 만들고 또 구매하는 입장에서 많은 생각을 해볼 수 있는 지점이라 할 수 있다.

서재의 불을 끄기 전에 슬쩍 내 책들을 돌아본다. 서재라고 거창하게 부르고는 있지만 사실 좁디좁은 창고에 가까운 수준이다. 그런 방 한 칸을 말 그대로 빽빽히 채운 나의 책들. 나는 오늘도 가벼운 책 하나를 골라 들고 침대로 향한다.

재미없는 책을
덮는 바람직한
방법

유대인들은 아이가 읽기를 배우기 시작할 때 성경 구절이 새겨진 석판에 꿀을 바르고 구절을 읽으며 이를 핥아 먹도록 시킨다고 한다. 읽기라는 행위와 달콤함이라는 감각적 자극을 연결시켜 뇌에 '읽기=달콤함'이라는 기억을 심어주는 것이다. 읽기는 읽기고 꿀은 꿀이니 사실은 완전 별개지만, 우리의 뇌는 어떤 행위에 있어 대개 그 당시의 정황이나 분위기, 감각적인 자극을 함께 기억한다. 진짜로 술 자체가 좋아서라기보다는 함께했던 사람들과 나눈 이야기, 혹은 분위기가 좋아서 술을 좋아하게 되거나, 만두를 먹고 심하게 체했던 경험 때문에 만두만 봐도 식욕이 떨어지는 것 등이 예가 될 수 있다.

우리는 애들이 아니니 이제 와서 진짜 꿀을 책에 바를 필요는 없다. 읽기에서 우리의 꿀은 '재미'다. 앞서 수차례 강조했듯, 재미가 있어야 일단 진득하게 읽고 끝장을 보게 된다. 그 재미는 탄탄한 서사에 있을 수도, 뒷통수를 후려치는 반전에 있을 수도, 사이다스러운 결말에 있을 수도, 품격 있는 표현과 아름다운 문장에 있을 수도, 완독 여부에 있을 수도 있지만 뭐가 됐든 '읽기=재미'라는 기억이 일단 우리 뇌에 심어지고 나면 그때부터 읽는 행위 자체에 대한 진입 장벽은 훨씬 낮아진다.

그런데 가끔, 정말 지독하게 안 읽히는 책을 만날 때도 있다. 물론 끔찍할 정도로 읽히지 않는 책을 억지로 참아가며 읽을 필요는 전혀 없다. 하지만 왜 안 읽히는지는 반드시 파악해야 한다. 읽히지 않는 책을 꾸역꾸역 읽어내는 것보다는 차라리 이 부분을 명확히 정리하는 것이 자기계발에 있어 훨씬 더 유용한 포인트가 될 수 있다. 안 읽힌다고 하면 대개는 문해력이 부족한 게 원인이라 생각하지만 그게 아닐 수도 있고, 반대로 문해력이 부족해서 읽히지 않는 것을 그저 취향의 문제로 뭉개버리고 넘어가는 경우도 있기 때문이다. 뭐가 됐든 '그냥 재미가 없어서'라는 말로 쉬이 결론짓고 끝내는 습관은 독서 생활을 지속하는 데 그리 도움이 되지 않는다.

내 경우는 버지니아 울프와 너새니얼 호손의 작품들이 그렇다. 일단 버지니아 울프(Virginia Woolf, 1882~1941)는 기승전결 등을 따르지 않고 그저 본인의 의식이 흘러가는 대로 글을 쓴다. 생각이 꼬리에 꼬리를 물고 흘러가는 속도가 사람마다 다를 텐데 나는 버지니아 울프의 속도를 따라가기가 늘상 버겁다. 기를 쓰고 쫓아가다가도 매번 어디선가 놓치게 되고 그 간극은 점점 더 벌어져서 어느 시점에는 완전히 포기하게 되기도 한다. 어떤 글들은 하나의 장면을 아주 다각적으로 묘사하는 데 치중하느라 줄거리랄 게 딱히 없기도 하고 줄거리가 있는 이야기들도 과거와 현재를 마구 넘나들면서 줌인과 줌아웃을 바삐 오가기에 여전히 나에게 울프는 너무 어려운 존재다.

내 눈에 울프의 작품들은 마치 인스타용 콘텐츠 같아 보인다. 폄하의 의미는 아니고 스틸 컷 같은 하나의 장면에 아주 깊이 몰입하는 것, 심지어 그 장면에 별 의미가 없을지라도 그 순간 내 눈에 들어온 것을 어떻게든 정성스럽게 박제해두는 것 때문이다. 그 박제된 장면 안에서 결단코 시간은 흐르지 않기에 이들은 모두 개개의 파편에 가깝다. 이어 붙이려 한다면 드문드문 가능하겠지만 그 연결 부위는 절대 매끈할 수 없다. 본래 현실에는 매끈한 일이 거의 없다는 점에서 이런 '인스타스러운' 특성이 도리어 더 현실적으로 보이기도 하는데 울프의 작품을 읽을 때마다 나는 현실과 인스타 사이 그 중간 어디 즈음에서 헤매는 신세가 된다.

한편 호손(Nathaniel Hawthorne, 1804~1864)은 인간의 어두운 부분에 주목해 재앙, 죄악, 비밀 같은 것을 주요 소재로 글을 쓴다. 그의 작품에서는 종교적인 바탕도 큰 부분을 차지한다. 호손의 단편들은 다들 괴기스럽고 기묘한데 귀신이나 살인자가 대놓고 나오는 호러나 스릴러가 아니라 왠지 모르게 기분 나쁜, 더러운 찝찝함을 안긴다. 명쾌한 부분이 없어 읽는 내내 정서적으로 엄청나게 사람을 시달리게 하는데, 그 와중에 문장들까지 장황하고 화려해 아무리 읽어도 적응이 안 되었다. 너무 시달려서인지 뭐 때문인지 모를 일이지만 나는 호손의 단편들을 읽으며 몇 번이나 굉장히 뜬금없는 허기를 느꼈다.

누구나 마음속에 품고 있는 장면이 있다. 하지만 그것에 마법 같은 힘을 더하는 일은 아주 소수만이 할 수 있다. 그런 글을 읽지 못한다고 자괴감을 느낄 필요는 없다고 생각한다. 울프와 호손은 그런 사람들이고 나는 그런 사람이 아닌 것뿐이다.

'문제는 내 문해력이 아니고 어떤 글이 이러저러한 이유로 나와 잘 맞지 않는 것뿐'이라는 확신을 가지려면 일단 내 읽기 역량에 대한 확신이 있어야 한다. 내가 어떤 사람인지 알게 되는 것은 어쩌면 자존감의 영역까지 닿는 것인지도 모르겠다. '나는 이러저러한 글은 이러저러한 이유 때문에 잘 못 읽는 사람'이라는 현재 상태를 받아들일 것, 남들이 다 좋다는 작품일지언정 쫄지 않고 '나에게는 이러저러한 이유로 인해 별로였다'고 말할 수 있을 것, 그리고 바로 그 '이러저러한 이유'에 앞으로 어떻게 대처할 것인지에 대한 목표를 세우는 것, 모두 자존감을 가꾸는 방향의 자기계발이라 할 수 있을 것이다.

Read the Book!

버지니아 울프 외 지음, 정소영 옮김, 〈벽의 자국〉, 《실크 스타킹 한 켤레》, 문학동네, 2021

Level up **완독에 실패한 이유가 뭘까**

몇 번을 도전해도 끝내 완독에 실패한 책이 다들 한두 권쯤은 집에 있죠. 실패한 이유를 '이 작품이 내가 극복할 수 있는 내용인지'를 포함해 한 문단으로 정리해보세요.

책 읽을 시간을
만드는 법

사람들은 말한다. 읽을 시간이 없다고. 정말일까? 사실 요즘의 우리는 하루 종일 읽는다. 인류 역사상 이렇게 뭔가를 많이 읽은 세대는 없었을 거라 단언할 수 있다. 틈날 때마다 스마트폰을 꺼내 남의 SNS를 보고 웹툰과 웹소설을 보고 뉴스 기사를 본다. 친구가 보낸 메시지를 확인하고 책 내용을 요약한 유튜브를 보기도 하고 3줄로 요약해놓은 정보성 카드 뉴스 같은 것들도 본다. 내가 구매하고자 하는 상품에 대한 설명 같은 것도 찾아본다. 엇, 그런데 여기까지 쓰고 보니 사실은 '읽는' 게 아니라 '보는' 것 같기도 하다.

읽는 글과 보는 글은 다르다. 우리는 콘텐츠의 대부분을 모니터나 액정으로 보는데, 그나마도 스압은 곧 스킵이라 긴 글은 제대로 보지도 않는다. 그렇다면 읽는 글과 보는 글의 차이는 뭘까? 기본적으로 보는 글은 전문을 꼼꼼하게 보기보다는 F 자 또는 Z 자로 훑어보게 된다. 이런 방식은 두 알파벳이 생긴 모양대로 첫 문장과 마지막 문장 정도만 보고 중간은 스킵하는 형태다. 이런 식으로 글을 읽는 습관이 생기면 뭔가 읽기는 했어도 제대로 내용 파악이 어려울 수밖에 없다. 디테일을 놓쳤으니 읽은 내용에 기반해 뭔가를 생각할 여지가 없고 생각하지 못하는 일이 반복되면 사고력도 무뎌질 수 있다. 이쯤 되면 상황은 문해력 바깥에까지 영향을 주게 된다. 사고력이 무뎌지면 주의력도 떨어질 수 있다.

책 읽을 시간이 없다는 이들의 대부분은 그 시간에 스마트폰으로 뭔가를 보고 있을 가능성이 크다. 그렇다면 답은 간단하다. 스마트폰을 볼 시간에 책을 보면 된다. 어떻게 그럴 수 있냐고? 3B 비법을 습관화하면 가능하다. 나에게 3B 비법이란 Bed, Bath, Bag이다.

침대맡(Bed)에 책을 두어 자기 전에 스마트폰 대신 책을 읽고, 화장실(Bath)에 들어가서 시간을 보낼 때 스마트폰 대신 책을 보고, 가방(Bag) 속에 책을 넣어 가지고 다니면서 자투리 시간에 스마트폰 대신 책을 펼치는 것이다. 내 경우는 3B 중 Bag이 가장 유용하다고 느낀다. 늘상 습관적으로 스마트폰을 꺼내 드는 바람에 잘 인지하지 못하게 되었지만 우리의 일상은 기다림의 연속이다. 버스와 지하철을 기다리고 엘리베이터를 기다리고 음식점과 카페에서도 기다린다. 미용실에서 새치 염색을 하면서도 기다리고 병원 진료를 볼 때도 기다린다. 그럴 때마다 별 의미 없는 무한 스크롤 대신 책을 펼치면 된다. (진료 대기실에 다른 환자들이 많으면 설레기까지 한다. 오오! 여기서 다 읽고 갈 수 있겠군! 물론 죽을 듯이 아플 때는 예외다.)

3B 비법을 활용한 책 읽기에 세상의 모든 책이 다 적합한 것은 아니다. 각 잡고 앉아서 수험생의 자세로 읽어야 하는 책들이나 긴 호흡이 필요한 책들은 이런 방식의 읽기와 매칭시키기 힘들다. 이런 읽기에도 역시나 단편이 가장 좋다고 생각한다. 기다리는 타이밍이 좋으면 이야기 한두 개 정도를 뚝딱 읽고 끝낼 수 있다. 이렇게 되면 지금 책을 덮었다가 몇 시간 뒤에 다시 열어도 앞이야기를 까먹었을까 봐 걱정할 필요도 없다.

특히 Bag에 넣어다니기 딱 좋은 책이 있다. 바로 카렐 차페크(Karel Čapek, 1890~1938)의 단편들이다. 일단 제목부터가 〈첫 번째 주머니 속의 이야기(Povidky jedne kapsy)〉다. 출판사에 따라 〈오른쪽 주머니에서 나온 이야기〉 등으로 제목이 붙은 경우도 있다. 그럼 두 번째 주머니, 왼쪽 주머니는 없냐고? 물론 얘네들도 있다! 아무튼 카렐 차페크는 우리에게 아주 익숙한 '로봇(robot)'이라는 단어와 개념을 최초로 만들어낸 체코의 대문호다. 로봇은 카렐 차페크의 여러 작품들 중 SF스러운 작품에서 등장했는데 주머니 속의 이야기에

모인 작품들은 SF는 아니고 전부 탐정물이다.

하지만 이 작품들은 온갖 역경을 이겨내고 배배 꼬인 트릭을 헤쳐나가며 진실을 찾아 악을 징벌하는 전형적인 탐정물과는 결이 전혀 다르다. 카렐 차페크의 이야기에는 브레인이나 영웅이 없다. 때문에 전형적인 탐정물의 결말에 기대하는 내용과는 좀 다른 방향으로 이야기들이 흘러가기도 하는데, 이것이 때로는 허망하기도 하고 시시하기도 하다. 그런데 에잇, 시시하네! 하고 그만 볼까? 하다가도 그만두기는 왠지 좀 아쉬워서 한 편만 더 볼까? 하게 되는 츤데레(겉으로는 엄격하지만 속마음은 따뜻한 사람을 뜻하는 온라인 유행어) 같은 매력이 있다. 손에 땀을 쥐게 한다기보단 철학적이고 풍자적인 맛이 더 많이 나는 이야기들인데, 동시에 기본적으로는 따스한 톤을 잃지 않는다. 다들 길이도 무척 짤막해 샛길로 빠질 틈이 없는 것도 강점이다.

〈배우 벤다의 실종(Zmizení herce Bendy)〉이라는 작품의 말미에는 '증명할 수 있는 방법이 없지 않느냐'라고 따져 묻는 살인자에게 벤다의 친구 골드베르크가 일갈하는 장면이 나온다. 당신이 살인자라는 걸 내가 알고 있으니 내가 살아 있는 한 당신을 끝까지 괴롭히겠다고, 당신은 결코 마음의 평화를 얻지 못할 것이라고, 나는 당신이 그 일을 잊도록 놓아두지 않을 거라고, 당신이 죽을 때까지 계속 기억하게 하겠다고 말이다.

이는 인간의 본성에 일말의 기대를 품는 것이다. 죄를 지었다면 응당 죄책감과 양심의 가책을 느낄 것이고 그로 인해 스스로 만든 지옥에서 평생을 살게 될 것이라는 믿음. 비록 법적으로 단죄하지는 못하더라도 그런 것들에 기대어 정의가 바로 세워질 수 있다는 믿음. 즉, 인간은 인간 스스로의 힘으로 진실에 가까이 갈 수 있다는 믿음 말이다. 살인 사건 등 범죄 이야기를 연달아 읽다 보면 자칫 정서적으로 피폐해질 수도 있지만 카렐 차페크의 이야기들은 이러한 믿음의 기반 위에서 쓰여진 것들이라 결코 그렇지 않다. 자신 있게 Bag에 어울리는 작품으로 권할 수 있는 이유다.

이쯤에서 한번 생각해볼 문제가 있다. 바로 멀티태스킹이다. 우리는 멀티태스킹이 일상이 되어버린 세상에 살고 있지만 진정한 의미의 멀티태스킹은 애당초 불가능하다. 사실 멀티태스킹은 아주 빠른 작업의 전환일 뿐이다. 집중할 틈 없이 계속 전환만 하다 보면 말 그대로 정신이 하나도 없다. 성과가 있을래야 있을 수 없고 결국 시간만 허투루 쓴

셈인데 이것은 우리 뇌의 물리적인 영역에 닿아 있는 과학적인 사실이다. 물론 사고력과 주의력이 높은 수준으로 필요하지 않은 일은 그렇게 해도 된다. 손으로 콩나물을 다듬으면서 입으로는 엄마랑 이야기를 하고 중간중간 TV 드라마의 줄거리를 따라가는 일 정도는 충분히 가능할 수 있다. 하지만 공부를, 책 읽기를 그런 식으로 할 수는 없다. TV를 틀어놓고 엄마랑 수다를 떨면서 시험 공부를 한다? 당장에 등짝을 맞을 일이다.

자투리 시간을 활용하는 책 읽기 또한 작업의 전환이라는 측면에서는 멀티태스킹과 유사한 측면이 있다. 물론 멀티태스킹에 비하면 전환의 속도가 훨씬 느리지만 말이다. 때문에 주위가 소란스러울 때 눈앞의 텍스트에 집중이 잘 안 되는 사람이라면 이런 방식의 책 읽기가 적절하지 않을 수 있다. 이런 이들에게는 차라리 아침에 딱 15분만 일찍 일어나서, 그 15분을 적극 활용하는 것을 추천하고 싶다. 꼭 새벽 4시에 일어나야만 내 삶이 미라클이 되는 것은 아니다. 온전히 나만을 위해 별도의 시간을 낸다는 것 자체가 자기계발의 시작이다. 매일 아침 더도 말고 덜도 말고 단편을 딱 한 개씩만 읽고 나서 하루를 시작하는 습관을 가져보자.

Level up **문해력을 위한 책 읽기 루틴**

일상 속에서 나만의 책 읽기 루틴을 만들어보세요. 꼭 3B가 아니어도 괜찮습니다. 어느 정도의 강제성이 필요하다면 독서모임에 합류하는 것을 추천합니다. 독서모임이 반드시 독서토론의 형태가 되는 것은 아니고, 일상적으로 책을 읽고 있는지 정도만 비대면으로 인증하는 모임도 있으니 본인의 성향에 맞는 모임을 찾아보세요.

Read the Book!

카렐 차페크 지음, 김규진 옮김, 〈배우 벤다의 실종〉, 《첫번째 주머니 속 이야기》, 을유문화사, 2016

전자책 리더기는 어떨까?

앞서 책 읽을 시간을 3B로 만들 수 있고 내 경우엔 그중 Bag이 가장 유용하다 느낀다고 언급했다. 하지만 가뜩이나 보부상마냥 짐도 많은데 여기에 무거운 책까지 더하는 게 말처럼 쉽지는 않다. 그래서 그간 이 부분과 관련해 '그럼 전자책 리더기는 어떨까요?' 하는 질문을 참 많이 받았다.

사실 나는 글은 종이책으로 읽어야 한다는 아주 강력한 신념을 가지고 있다. 이건 단순히 내 취향의 문제가 아니라 과학에 더 닿아 있는 얘기일 수도 있는데, 왜냐하면 우리가 어떤 정보를 습득할 때 단순히 정보만 쏙 빼내어 습득하지는 않기 때문이다. 가령 어떤 책을 읽는다고 하면, 우리는 책의 내용뿐 아니라 그 책을 손에 쥐었을 때의 무게감과 표지의 장식적인 요소, 먼지와 내지를 포함해 그 책을 구성했던 모든 종이의 색감과 촉감, 본문의 서체 같은 것들을 전부 하나로 묶어서 기억하게 된다. '아! 그 책은 표지에 금박이 칠해져 반짝반짝 참 예쁘긴 했는데 책 자체는 크고 두꺼워서 엄청 무거웠지. 그 와중에 내지는 또 엄청 얇아서 마치 성경책 마냥 뒷장의 글씨가 다 비쳤었지. 주인공의 행보는 파격 그 자체였는데!' 하는 기억이 별것 아닌 것 같지만 오래도록 그 책의 내용까지 연결시켜 기억하게 만드는 힌트가 되어줄 수도 있는 것이다. 전자책 리더기의 경우에는 이런 부분이 모두 하나의 기기 안에서 밋밋하게 통일되어 버리기 때문에 각각의 책을 기억할 수 있는 큰 부분이 사라질 수 있다.

그럼에도 전자책 리더기만의 매력이 분명 있기는 있다. 다음은 내가 경험한 전자책 리더기의 장점이자 단점들이다.

○ **물리적 제약에서 탈출!**

지난 출장 길, 15시간의 비행 동안 책 세 권을 완독했다. 만약 종이책이었다면 어땠을까? 일단 기내에 종이책 세 권을 들고 탄다는 것부터가 쉽지 않은 일이다. 바리바리 싸들고 탄 책이 내 취향이 아닐 경우는 더 난감하다. 나는 전자책 리더기에 10여 권의 책을 담아 탑승했고 그중에서 세 권을 골라 읽었다는 점에서 전자책 리더기의 가치가 빛을 발했다고 생각한다.

○ 대중교통, 특히 비행기에서 정말 좋다

나는 원체 이동이 많은 사람인데 특히 비행기에서 전자책 리더기를 아주 유용하게 쓰고 있다. 비행기에서 종이책을 보려면 어쨌든 조명을 켜야 하는데 내 조명 때문에 옆사람이 잠을 못 자는 경우가 생길 수 있다. 전자책 리더기는 이런 문제에서 자유롭다.

○ 눈이 편하다

꼭 리더기가 아니어도 스마트폰이나 태블릿으로 보면 된다고 생각할 수 있는데(실제로 나도 그렇게 생각했다.) 직접 사용해 보니 눈의 피로도 면에서 확실히 차이가 있다. 스마트폰이나 태블릿의 액정으로 책을 보면 밝은 곳에서는 빛 반사 때문에 가시성이 떨어지고, 어두운 곳에서는 눈이 금방 피로해지는 느낌인데 전자잉크(E-Ink) 기반의 전자책 리더기는 이 부분을 꽤나 잘 보완한다.

○ 기기 자체의 성능도 나쁘지 않다

스마트폰이나 태블릿에 익숙한 요즘 사람들에게 전자책 리더기는 속 터짐 유발 기기일 수도 있다. 화면이 전환되는 속도가 상대적으로 느리고 뒷페이지 혹은 앞페이지의 내용이 몇 초간 잔상처럼 남기도 한다. 이런 현상이 주는 불편함을 민감하게 느끼는 사람도 있고 아닌 사람도 있을 터. 다행히 나는 이런 부분에 민감하지 않아 별 거슬림은 없다.

○ 부피는 결코 작지 않다

전자책 리더기 자체는 작고 가볍지만 일명 '설탕 액정'이라 불릴 만큼 액정의 내구성이 떨어져 플립 케이스와 도톰한 파우치가 반드시 필요하다. 특히나 완충 역할을 제대로 해줄 수 있는 도톰한 파우치에 넣는 순간 휴대성은 포기해야 한다는 점을 기억하자.

과연 전자책 리더기로 독서에 취미를 붙일 수 있을까? 종이책의 경우엔 마지막 장을 닫는 특유의 맛이 있어 완결되는 듯한 느낌이 굉장한 게 사실이다. 상대적으로 전자책은 이 맛이 덜하다. (또한 조금만 어렵거나 지루해도 책을 덮는 일 또한 굉장히 쉬워진다.) 독서라는 행위에 재미를 느끼고 지속하는 데 이 힘은 꽤 큰 역할을 차지하기에 애당초 독서에 취미가 없는 사람이 전자책으로 독서에 취미를 붙이기는 쉽지 않을 것 같다. 이 맛에 크게 연연하지 않는 사람들 대부분은 원래도 독서가 생활이고 취미인 사람들이다. 즉, 원래 종이책을 잘 읽던 사람들이 전자책 리더기도 잘 쓸 것 같다는 생각이다.

요약 대신
대표 문장을
만들자

문해력에 대한 정의는 사람마다 다를 수 있지만 글을 읽고 이해하고 더 나아가 재구성을 통해 내 것으로 만들고 활용하는 것까지 염두에 두고 있다면 글쓰기, 작문 능력도 그 범위에 포함될 수 있다. 기본적으로는 많이 읽으면 잘 쓰게 된다는 믿음이 있는 것 같고 어느 정도는 사실이기도 하다. 하지만 많이 읽기만 한다고 저절로 잘 쓰게 되는 것은 아니다. 읽은 것을 내 것으로 체득하고 내 글로 만들기 위해서는 역시 자꾸 써볼 수밖에 없다. 그리고 그것을 처박아두지 말고 다른 사람에게 자꾸 내보여야 한다. 제대로 코칭해줄 사람이 있다면 더욱 좋다.

'나는 말로는 잘하는데 글로는 못 쓰겠어'라고 말하는 분들이 주위에 꽤 있지만, 냉정하게 말해 이는 사실이 아니다. '말'은 나 혼자 하는 것이 아니라 양방향 커뮤니케이션이기 때문에 즉각적인 피드백을 받을 수 있다는 특징이 있다. 조금 횡설수설하더라도 청자의 언어적 혹은 비언어적 리액션을 통해 바로 잡을 기회가 많고, 경우에 따라서는 청자가 '그러니까 니 말은 이러저러하다는 거지?' 하고 제대로 된 방향을 제시해주는 경우도 있다. '개떡같이 말해도 찰떡같이 알아듣는' 것을 문해력이라고 한다면, 문해력은 사실상 '청자'

의 것이다. 화자 본인의 언변이나 논리 때문이 아니라 청자의 문해력 덕분에 도리어 화자가 '나는 내가 하고 싶은 말을 잘할 수 있는 사람이다'라고 착각할 수 있다는 것이다. 고맥락 사회일수록 이런 경향은 더욱 심하다. '고맥락 사회'란 의사소통에 있어 직접적인 방식보다 간접적, 그러니까 암묵적인 방식과 비언어적인 신호가 더 큰 비중을 차지하는 사회라는 뜻이다. 반대로 '저맥락 사회'는 명확한 의사소통, 명확한 단어와 문장에 기반해 소통한다. 한국은 대표적인 고맥락 사회라 할 수 있다.

고맥락 환경에서는 말로 설명되지 않는 것을 포착하고 소통에 활용할 수 있는 능력이 필수적인데, 이걸 사람과 사람 사이에서는 눈치라고 하고 사람과 글 사이에서는 문해력이라고 표현할 수 있다. 저맥락 사회의 사람들에 비해 우리는 기본적으로 행간을 읽고 분위기를 파악할 수 있는 촉이 더 예민하다고 볼 수도 있다. 그간 고맥락 환경에 시달려온 경험치를 십분 활용할 수 있기 때문이다. 하지만 글쓰기는 반대다. 백지는 직접적이든 간접적이든 즉각적인 피드백을 줄 수 없는 존재다. 쉽게 말해, 말은 눈치껏 할 수 있었다면 글은 대개 그럴 수 없단 얘기다. 처음부터 끝까지 모든 것을 혼자 해내야 하는 상황에 맞닥뜨렸을 때, 심지어 글을 자주 써보지 않은 사람이라면 난감하고 막막할 수밖에 없다.

책을 읽고 하는 '독후 활동' 중 대표적인 것이 독후감, 요즘 말로는 책 리뷰를 쓰는 것이다. 대개 리뷰는 내가 느낀 점 위주로 쓸 것을 권유받지만 내 감정을 표현하는 것에 익숙치 않다면 줄거리를 요약하는 활동 위주로 시작해도 좋다. 줄거리 요약이라고 처음부터 끝까지의 모든 기승전결을 육하원칙에 꼭 맞춰 담아야 하는 것은 아니다. 특히 작품에 따라서는 이런 식의 요약이 별 의미가 없을 때도 있는데, 이런 경우는 줄거리 요약보다도 본문 중에서 대표 문장을 꼽거나, 더 나아가 대표 문장을 내가 스스로 만드는 활동이 더 어울릴 수 있다. 대표 문장이라고 해서 반드시 하나의 문장으로 만들어야 하는 것은 아니고, 여러 문장으로 만들 수도 있다. 그것도 어렵다면 인물의 성격, 혹은 벌어진 사건에 대해서만 정리해봐도 충분히 도움이 된다.

이런 활동에 좋은 소재가 되는 것이 바로 앨리스 먼로(Alice Ann Munro, 1931~2024)의 작품들이다. 먼로의 작품은 아주 기나긴 장편 영화, 아니 어쩌면 남의 인생에서 10분 정도만 뚝 잘라온 듯한 느낌을 준다. 그런데 그 10분이 클라이

막스의 10분도 아니고 말 그대로 랜덤하게 필름의 중간 아무데서나 따온 느낌이 들곤 한다. 그래서 우리가 여지껏 익숙하게 해온 기승전결 형태로 줄거리를 요약하는 일과는 잘 어울리지 않는다. 그렇다고 읽기에 난해하냐고 묻는다면 그건 또 그렇지 않다. 먼로의 작품은 대개 평범한 여성들이 주인공인데, 평범한 사람들의 평범한 일상을 기반으로 하는 와중에 그 일상에 아주 작은 균열이 가는 사건들이 생겨난다. 앞서 남의 인생에서 아무 10분이나 잘라낸 것 같다고 말했지만 사실 먼로의 이야기들은 아주 정교한 면이 있다. 다들 나름의 사연도 갖고 있다. 덕분에 공감이 아주 잘된다. 먼로의 작품 속 여성들은 평범하지만 결코 단순하지 않고, 지루할 만큼 아무것도 아닌 일상 속에서 묵직한 여운을 남기는 데 특화된 인물들이다.

먼로의 작품 중 다수는 1950~1960년대 캐나다의 모습을 그린 것들이지만, 여기에 표현된 사람들의 모습이나 사회적인 현상 같은 것은 지금 한국에서 벌어지고 있는 일들과 별반 차이가 없다는 점도 먼로의 작품을 어렵지 않게 읽을 수 있는 포인트 중 하나다. 마음대로 안 되니까 비열한 술수를 쓰며 끝내 세입자를 내쫓는 건물주, 동네 집값을 위해 혼자 사는 노인의 허름한 집을 철거할 궁리를 하는 마을 사람들, 연애는 나랑 하더니 결혼은 다른 여자랑 순식간에 해버리고 안면몰수하는 남자…. 먼로가 응축한 짧은 이야기에서는 이렇듯 현실적인 요소들이 날카롭게 드러난다.

그렇다고 먼로의 단편이 죄다 이런 식으로 암울한 것은 아니다. 사랑, 혹은 우리가 사랑일 것이라 착각하는 것, 어쩌면 우리가 사랑이라 믿고 싶어 하는 것들에 대한 단편들의 경우 확실히 대중성도, 재미도 있다. 실제로 영화화된 작품들도 몇 있는데, 그중 대표적인 작품은 「어웨이 프롬 허(Away from Her)」라는 제목으로 영화화된 〈곰이 산을 넘어오다(The Bear Came Over the Mountain)〉이다.

그랜트는 치매에 걸린 아내 피오나를 요양소로 보낸다. 한 달여의 적응 기간이 끝나고 피오나를 마주한 첫 면회. 그 사이 피오나는 그랜트를 완전히 잊고 요양소의 다른 환자 오브리와 사랑에 빠져 있다. 그런데 오브리가 퇴원하고나자 이를 받아들이지 못한 피오나의 상태는 급격히 악화된다. 다른 남자와 절절한 사랑에 빠진 아내를 바라보는 남편의 심정…. 보다 못한 그랜트는 오브리의 아내를 찾아가 사정을 설명하고 피오나가 오브리를 볼 수 있게 해달라고 부탁

한다. 오브리의 아내는 이를 거절하면서도 그랜트에게 여지를 남기며 은근한 추파를 던지고 그랜트는 흔들린다.

이렇게 요약하고 보니 왠지 다소 막장 드라마 같기도 하다. 그래서 오브리의 아내와 그랜트는 썸을 탔을까? 피오나와 오브리는 다시 만났을까? 그랜트와 피오나의 관계는 어떻게 되었을까? 온라인 게시판에 이런 사연을 올리면 대번에 "이혼하세요!" 같은 댓글이 달릴 게 뻔하지만 우리의 삶 속에서 그렇게 단칼에 문제가 해결되는 일은 거의 없다. 이 이야기는 제대로 된 치유 없이 상처 위로 켜켜이 세월만 쌓인 결혼 생활이란 대체 뭔지를 차분히 돌아보게 한다. 길지 않은 한 편의 단편을 통해, 이 부부는 대체 그간 어떤 세월을 살아온 건가 하며 그 일생 전체를 돌아보게 하는 능력은 오롯이 먼로의 것임이 맞으나 그 형식은 반드시 단편이어야만 한다는 점에서 이런 여운은 단편이라는 형식에도 어느 정도 빚을 지고 있다. 다시 말해 이 이야기는 어째서 단편이 '모든 산문의 형식 중 가장 응축적이고 예술성이 높은 장르'라고 평가받는지를 새삼 실감하게 한다. 물론 이 여운을 제대로 맛보려면 이면의 맥락을 읽어낼 수 있는 능력이 있어야 한다. 이 이야기들을 모두 아울러서 하나의 문장으로 만든다면 '공감과 소통 없이 세월만 쌓인 결혼 생활의 현실이 결국 치매를 통해 적나라하게 드러나다' 정도가 될 수 있을 것 같다.

먼로의 〈미움, 우정, 구애, 사랑, 결혼(Hateship, Friendship, Courtship, Loveship, Marriage)〉이라는 작품도 아주 재미있다. 처음에는 뭐 이런 멋대가리 없는 제목이 다 있나 싶었는데 알고 보니 이는 여자의 이름과 남자의 이름을 써놓고 같은 철자를 지운 후 남은 글자수에 맞춰 '미움, 우정, 구애, 사랑, 결혼'을 차례로 말하면서 손가락으로 세어나가는 일종의 놀이를 말하는 것이었다. 그렇게 세어나가다가 그 숫자에 걸리는 단어가 바로 그 둘 사이의 운명이라는, 재미 삼아 하는 이름 궁합 놀이다.

10대 소녀 새비서의 아빠 부드로는 일 때문에 혼자 먼 지역에 나가 있다. 새비서와 친구 이디스는 부드로에게 온 편지에 답장을 하면서 그 집 가정부 조해너의 이름으로 가짜 구애 편지를 끼워넣는다. 편지를 받은 부드로는 조해너(가 썼다고 되어 있지만 사실은 새비서와 이디스가 쓴)의 편지를 무시하지만 둘은 계속해서 조해너와 부드로 양쪽에 가짜 구애 편지를 전한다. 보이스피싱이나 다름없는 이들의 장난은 이후 엄청난 결과를 초래한다. 이상한 말을 지어내어 전하는 편지, 그리고 그 주인공들이 10대 소녀라는 점에서 얼핏 영화 「어톤먼트(Atonement)」가 연상되기도 하는데 비극으로 끝나는 「어톤먼트」와 달리 이쪽은 아주 재미있는 결말을 맞는다.

앨리스 먼로는 2013년 '현존하는 최고의 단편 작가'라는 타이틀과 함께 노벨 문학상을 수상했다. 수상 직후 국내에도 먼로의 대표작이 여럿 출간되었지만 그 시절의 나는 애매한 기승전결과, 대체 이게 뭐지? 왜 상을 탄 거지? 하는 난해한 느낌에 그닥 재미를 붙이지 못했다. 10년이 지나, 나이를 더 먹고 아이를 낳고 다시 읽어보니 그때와는 느낌이 좀 다르다. 지금의 나는 삶에서 결론만이 중요한 게 아님을 조금 더 실감할 수 있게 되었어서일까. 내가 누군가에게 먼로의 작품을 권한다면, 그것은 이 이야기들을 읽고 문해력 너머까지의 무언가를 더 느낄 수 있었으면 해서일지도 모르겠다.

Read the Book!

앨리스 먼로 지음, 서정은 옮김, 〈곰이 산을 넘어오다〉 〈미움, 우정, 구애, 사랑, 결혼〉, 《미움, 우정, 구애, 사랑, 결혼》, 웅진지식하우스, 2020

Level up **오늘의 나의 문장은?**

오늘 하루를 딱 하나의 대표 문장으로 말해보세요.

내가
영화감독이라면,
감각적 읽기

많은 이들이 간과하고 있지만 집중도 엄연히 하나의 능력이다. 무언가에 집중을 못하는 것은 집중하기 싫어서가 아니라 불가능해서 일 수 있다. 어쩌면 "왜 이렇게 집중을 못해!"는 애당초 말이 안 되는 지적일 수 있다. 반면 영화나 게임에는 잘 집중하는 까닭은 자극이 강해서다. 자극이 강한 것들에 대한 집중은 자칫 중독으로 이어지기 쉬운데, 알다시피 중독은 내 발로 돌아나오기가 어렵다. 때문에 나는 자극이 낮은 대상에 내 의지로 몰입하는 것만을 진짜 집중이라고 불러야 한다고 생각하고, 그 연습에 책 읽기가 딱이라고 생각한다.

앞서 집중과 몰입을 위한 방법으로 여러 가지를 언급했지만 다양한 글에 효율적으로 집중하기 위해서는 읽는 방법도 다양해야 할 수 있다. 사회적으로 통용되는 읽기 방식은 대략 이 정도가 될 것 같다.

○ 사실적 읽기: 글의 내용을 정확하게 이해하는 것
○ 감상적 읽기: 공감되는 부분, 감동과 재미를 주는 부분에 집중하여 감성적으로 읽는 것
○ 추론적 읽기: 글에 직접적으로 드러나지 않은 내용, 즉 의도

나 목적, 숨겨진 주제와 생략된 내용 등을 읽어내는 것

○ **비판적 읽기**: 글에서 주장하는 내용이나 제시된 근거가 적절한지 논리적으로 따지며 읽는 것

○ **창의적 읽기**: 글에서 제시한 문제 해결 방법(혹은 결말)에 대한 대안을 찾거나 읽은 내용들을 바탕으로 하여 뒷이야기를 상상할 수 있도록 읽는 것

상대적으로 사실적 읽기가 쉬워 보이고 뒤로 갈수록 어려운 방식처럼 보이기도 하는데 나열 순서와 난이도는 딱히 상관이 없다. 읽기의 난이도는 읽는 방법보다 내가 읽고자 하는 글 자체의 난이도에 달려 있다. 좀 더 이해하기 쉽게 풀어서 생각해보면 사실적 읽기 같은 경우 '윗글의 내용과 일치하지 않는 것은?' 하는 식으로 시험지 위에서 단골로 만나는 유형인 동시에, 다른 네 가지 읽기를 하기 전에 반드시 해결이 되어야 하는 부분이다. 감상적 읽기가 안 될 때는 앞서 누차 강조한 재미를 느끼기가 사실상 불가한지라 읽는 행위를 지속하기가 어려울 수 있다. 추론적 읽기는 요즘 많이 언급되는 맥락 읽기와 결이 유사하다 보니 문해력을 대표하는 읽기 방식으로 생각될 수 있지만 사실 문해력

을 위해서는 추론적 읽기뿐 아니라 위 다섯 가지 방식의 읽기가 모두 필요하다.

사람마다 어떤 글을 어떤 방식으로 읽어낼지는 제각각일 수 있다. 그리고 이 방식들은 굳이 나누자면 그렇다는 것이지, 사실 이 글을 읽을 때는 이 방식, 저 글을 읽을 때는 저 방식, 하는 식으로 버튼을 바꿔 누르듯 읽기의 모드를 내 맘대로 단번에 전환하기도 어렵다. 이 글은 읽다 보니 감상적 읽기에 치우치게 되고, 저 글은 읽다 보니 추론적 읽기와 비판적 읽기에 가까운 느낌으로 읽게 되는 것이 맞다. 다섯 가지 읽기 방식은 상황에 따라 내 안에서 자연스럽게 활용되는 것이며 때로는 하나의 글을 읽을 때 세 가지, 네 가지 방식이 함께 쓰이기도 한다.

물론 이 다섯 가지 방식이 세상 모든 읽기를 대표하는 것은 아니다. 나만 해도 때때로 이 방식들과는 조금 다른 방식으로 단편을 읽어내기도 한다. 그중 하나는 작가가 텍스트로 설명한 장면을 내 머릿속에서 이미지화하면서 텍스트로 설명되지 않은 부분까지 그려보는 방식이다. 이 이야기를 영상물로 만든다고 가정하고 내가 감독이 되었다고 생각하는 것이다. 이렇게 하면 텍스트를 읽으면서 동시에 텍스트를 벗어나는 자유로움을 느낄 수 있다. 내가 가진 모든 상상력과 이전에 보았던 모든 시각 매체에 대한 기억을 동원하여 어떤 소품과 어떤 배우를 활용하여 어떤 앵글에서 이 장면을 담을 것인지를 고민해본다. 이는 여지껏 언급한, 문맥을 읽어내어 주요 내용과 큰 주제를 파악하는 것과는 약간 다른 얘기다. 그보다는 좀 더 피상적이고 사소한 면에 치중하는 방식인데 굳이 이름을 짓자면 감각적 읽기 정도가 될 수 있겠다.

이런 연습에는 남프랑스의 시골 풍경을 숨막히도록 아름답게 묘사한 알퐁스 도데(Alphonse Daudet, 1840~1897)의 작품들이 적격이다. 목동과 주인집 아가씨가 산 위에서 별을 보며 지새운 하룻밤을 그려낸 〈별(Les étoiles)〉 속 문장들은 밤에 벌어지는 자연 현상을 자세하게 묘사하는데 이 부분이 무척이나 서정적이고 감성적이다.

> 만약 여러분이 한 번이라도 한데서 밤을 새워 보았다면 알 겁니다. 우리가 잠든 시간에 고독과 침묵 속에서 신비로운 세상이 깨어난다는 것을 말이죠. 그럴 때 샘물은 낮보다 한결 또랑또랑한 소리로 노래하듯 흐르고, 연못은 작은 불꽃들을 밝

히지요. 산의 모든 정령들이 자유로이 왔다갔다 하고요. 허공 중에는 뭔가 삭삭 스치는 듯한 소리, 알아들을 수 없는 소리들이, 마치 나뭇가지가 자라나고 풀들이 쑥쑥 커 오르는 소리처럼 들려온다니까요. 낮 시간은 존재들의 삶이지만, 밤은 사물들의 삶입니다. 이런 걸 익숙하게 접해 보지 않았다면 무섭기 마련이지요.

한 번쯤은 영상 천재와 음향 천재가 만나 이 장면을 제대로 담아주었으면 싶지만 일단은 내 머릿속에서만이라도 그려보도록 하자. 시나리오를 보듯 본문을 하나하나 다시금 뜯어보며 백지 위에 산과 나무를 하나씩 배치하고 인물을 등장시켜본다. 물론 같은 이야기를 놓고도 어떻게 연출할지는 당연히 사람에 따라 다를 것이다. 〈별〉 속 아가씨를 두고 누군가는 맥켄지 포이를 닮은 인물을 상상할 것이고 누군가는 다코타 패닝과 유사한 얼굴을 그릴 것이다. 어떤 옷을 입히고 어떤 헤어 스타일로 연출할지, 촬영지로 국내의 장소를 섭외한다면 곤지암 화담숲이 적격일지, 제주의 새별오름이 나을지, 대관령 양떼 목장이 좋을지를 차근차근 따져가며 구체화해본다. 이런 궁리를 하면 할수록 이야기에 점점 더 빠져들면서, 단편을 읽는 데 시각화 또한 하나의 큰 즐거움이 된다는 사실을 깨닫게 될 것이다. 앞서 시각적인 매체가 자칫 중독을 불러올 수 있다고 했지만 이런 류의 시각화 활동은 내가 주체가 되는 것이기에 적극 추천한다.

노파심에 하는 말이지만 뭔가를 읽을 때마다 리뷰를 써야 한다거나, 줄거리를 요약해야 한다거나, 특정 장면을 시각화해야 한다는 등 독후 활동에 대한 강박을 가질 필요는 없다. 독후 활동보다는 독서활동에 방점을 찍는 것은 언제나 옳으니까! 그렇지만 가끔은 재미 삼아 머릿속에 연출한 장면을 직접 현실로 꺼내볼 수도 있다. 나는 그림을 종종 이런 수단으로 활용하고 있다.

참고로 이런 시각화는 아이들보다 어른들이 더 잘할 수 있다. 어른보다는 아이들의 상상력이 더 풍부할 거라 생각할지도 모르지만 실제로 머릿속에 쌓여 있는 정보들이 많아야 그걸 기반으로 매 장면을 연출할 수 있다. 쉽게 말해, 화담숲도 알고 새별오름도 알고 양떼목장도 알아야 머릿속에서 최적의 로케 선정이 가능하다는 것이다. 앞서 시각화라고 표현하긴 했지만 사실 이 활동은 내 머릿속의 기억을 최대한 동원해서 그걸 이리저리 끌어다가 활용하는 연습에 더 가깝다. 서 말의 구슬도 꿰어야 보배가 되는 것처럼, 내 머릿속 기억의 구슬을 다 쏟아내놓고 꿰는 활동이라 보면 좋다.

어떤 이야기를 주제와 결말에만 국한해서 본다면 썩 재미가 없을 수 있다. 출발지에서 목적지까지 가는데 목적지에 도착하는 것에만 중점을 두면, 그 중간 과정은 그저 2시간이 걸리는 이동에 그치고 만다. 이런 시각으로 〈별〉을 보면, '청춘 남녀간에 아~무 일도 없었던 하룻밤' 그 이상도 이하도 아닌 이야기가 되어버릴 것이다. 가는 동안 이런 것도 살피고 저런 것도 들여다보고 할 때 이 이동은 비로소 '2시간짜리 산책'이 되고 '2시간의 여행'이 되어 그 자체로서 또 하나의 즐거운 행보가 될 수 있다. 〈별〉 또한 그렇다.

10권을 읽고도 1,000권을 읽은 것에 준하는 효과를 내는 책 읽기 기술 같은 것은 나는 알지 못한다. 그렇지만 어떻게 읽어야 재미있게 읽고, 또 꾸준하게 읽을 수 있는지는 안다. 다행스럽게도 문해력은 벼락치기보다 꾸준함에 닿아 있는 영역이다. 나는 뭐가 됐든 당신이 읽는 행위에서 재미를 찾고, 그 재미를 발판 삼아 꾸준하게 읽었으면 좋겠다. 그 여정 중에 내가 도울 수 있는 일이 있다면 기꺼이 도울 것이다.

Level up **내 머릿속의 영화감독 되어보기**

최근에 읽은 단편을 영화화한다는 가정을 하며, 가상 캐스팅과 장소 섭외를 해보세요. 떠오르는 느낌을 그림으로 표현하는 것도 좋습니다.

Read the Book!

알퐁스 도데 지음, 임희근 옮김, 〈별〉, 《알퐁스 도데》, 현대문학, 2017

EXPERT

문해력으로
읽는 단편

계절에 맞는
단편 읽기,
겨울편

겨울이 돌아올 때마다 나는 지난겨울을 까맣게 잊고선 "아, 올 겨울은 유독 춥네, 작년엔 안 그랬던 것 같은데" 따위의 말을 해댄다. 아마 지난겨울에도, 지지난 겨울에도 똑같은 말을 했던 것 같지만 정확히 기억은 나지 않는다. 어차피 봄이 오면 다 잊힐 말들이다.

사계절이 뚜렷하다는 것은 옷값도, 신발값도 많이 들고, 환절기마다 코를 훌쩍여야 한다는 말일 수 있다. 그럼에도 추상적인 개념인 '시간'이 흘러간다는 것을 육체적으로 명확히 느낄 수 있다는 것은 큰 축복이다. 나는 이 사실 하나만으로도 여러 어려움들을 감수할 가치가 있다고 생각한다. 우리는 아직 덥다고 하더라도 어느 날 갑자기 하늘이 높아 보이면 이내 선선한 가을이 온다는 것, 겨울 하늘이 희뿌옇고 유독 우중충해 보이는 날은 더 춥게 느껴진다는 것 등을 경험적으로 안다. 사람마다 느끼는 포인트는 다를 수 있겠지만 어쨌거나 각자 나름의 계절감이 생긴다고 할까. 하루가 어떻게 가는지는 알아도 일 년이 어떻게 가는지는 잘 모르겠다면 이런 계절 감각을 놓쳐버렸기 때문일 수도 있다.

계절이 바뀔 때마다 그 계절에 맞는 단편을 읽는 것 또한 나에게는 큰 즐거움이다. 특히 겨울에는 이불을 뒤집어쓰고

뜨끈한 차를 마시며 겨울 냄새가 물씬 풍기는 단편들을 골라 읽는 재미가 있다. 이 대목에서는 '이불 밖은 위험해!'도 한 번쯤 외쳐줘야 한다.

대개 겨울은 크리스마스로 대표되지만, 기나긴 겨울날 중 크리스마스는 단 하루에 불과하다. 반짝반짝 화려하고 따스한 분위기의 크리스마스와는 정반대로, 꾸물거리는 하늘 아래 축축하고 살을 에는 바람이 불어 손끝이 시리다 못해 아려와 모든 게 다 지긋지긋해지는 게 대부분의 겨울날이지 않을까. 어쩌다 내린 눈이 녹았다가 흙탕물과 뒤섞인 후 몇 번이나 다시 얼어붙어 끝내 너저분한 몰골이 되고 마는 대부분의 겨울날에 나는 김승옥 작가의 〈서울, 1964년 겨울〉을 꺼내어 읽곤 한다.

제목부터 겨울 타령으로 시작하는 이 이야기는 정말이지 매섭게 춥다. 단순히 겨울이 배경이어서가 아니라 이야기 전반에 흐르는 분위기 자체가 매정하고 험난해 사나운 겨울의 인상과 찰떡같이 어울린다. '나'는 추운 겨울 밤, 천막을 펄럭이는 노상의 포장마차에서 우연히 대학원생 '안'과 어떤 사내를 만난다. 급성 뇌막염으로 사망한 아내의 시신을 해부용으로 병원에 팔았다는 사내는 그 돈을 가지고 있는 것이 너무 죄스러워 그 돈을 오늘밤 다 없애버리고 싶다 한다. 나와 안은 사내와 다니며 이리저리 의미 없이 돈을 쓰고 심지어는 불 속에 던져버린다. 통금시간이 되어 여관으로 들어섰을 때, 나는 셋이 화투라도 치며 한 방에서 머물자고 하지만 안은 각자 다른 방을 쓰자고 한다. 강력하게 주장한 안의 의견에 따라 셋은 각자 다른 방에 투숙했으나 다음날 아침, 사내는 자살한 채 발견되고 나와 안은 도망친다. 하룻밤 새 폭삭 늙어버린 기분을 느끼며 나와 안 역시도 곧 버스 정류장에서 헤어진다.

김승옥 작가의 단편은 몹시도 세련되고 현대적이다. 2024년의 내가 1964년의 이야기를 읽는 동안 60년의 간극을 거의 느끼지 못할 정도다. 이는 아마도 개인의 서사에 집중한다는 점 때문인 것 같다. 개인의 삶, 개인의 서사에 집중하는 것이 당연해진 요즘의 시각에서 본다면 이 이야기는 그리 특별할 것이 없다. 하지만 그 시절에는 그렇지 못했다. 돌아보면 그전까지의 역사 속에 개인의 자리는 없었던 것이 사실이다. 일제 강점기, 6 · 25 전쟁, 4 · 19 혁명과 5 · 16 군사정변 같은 굵직한 사건들 틈에서 개인의 서사란 사치에 가까웠으리라. 그 시절 다른 작가들이 이런 굵직한 이야기를 할 때 김승옥 작가는 개인의 서사를 끄집어 올렸다. '사람이 살았다'는 말은 이때부터 진짜 의미를 갖는다. 그렇다. 2024년의 서울이 그렇듯 1964년 서울에도 사람이 살았다.

이미 상당한 세월이 지났음에도 우리는 여전히 개인의 슬픔을 자꾸만 한의 민족이니, 동족상잔의 비극이니, 사회적 아픔이니 하며 한 집단의 것으로 퉁쳐 버릇한다. 좀 더 정확히는 그렇게 퉁치는 것에 익숙하다고 할까. 개인의 슬픔이 서사 없이 쉬이 집단화될 때 그 슬픔은 "너만 힘드냐?" 따위의 말로 쉽게 뭉갤 수 있게 된다. 그런데 타인의 슬픔에 공감하지 못하면서 인정을 베푸는 일이 과연 가능할까? 잔혹한 마음은 생각보다 쉽게 길러진다. 공감에도 연습이 필요한 이유다. 그 연습 또한 이런 계통의 단편 읽기로 가능하다고, 나는 생각한다.

우리가 파편화된 개인의 슬픔에 관심을 가질 때, 우리는 비로소 세상에는 그런 인생도 있음을, 그런 사람도 있음을 알게 된다. 책 읽기를 통해 시야를 넓히는 것은 이런 부분과 결이 닿아 있다. 이는 수많은 책들 중에서 오로지 문학만이 해줄 수 있는 일이기도 하다. 책에 담긴 지식을 흡수하는 것도 중요하지만 나는 책을 통해 이런 눈을 뜨는 것, 즉 세상을 더 사려 깊게 바라보는 연습을 하는 것도 무척 중요하다고 생각한다.

겨울은 한 해를 닫고 또 한 해를 시작하는 시점인 덕분에 일시적으로나마 주위에 대한 관심이 높아지는 시기이기도 하다. 그런 면에서도 〈서울, 1964년 겨울〉은 올 겨울에도, 그 다음 겨울에도 나쁘지 않은 선택이 되어줄 것이다.

그렇지만 '가뜩이나 날도 추운데 책이라도 따수운 걸로 읽고 싶어'라고 생각하는 이들에게는 역시 찰스 디킨스(Charles Dickens, 1812~1870)의 〈크리스마스 캐럴(A Christmas Carol)〉이다. 처음부터 끝까지 제대로 읽어본 사람은 얼마 되지 않음에도 스크루지가 전세계적으로 너무 유명해지면서 다들 예전에 한 번쯤 읽었던 것 같다고 착각하는 바로 그 이야기! 따숩고 포근한 겨울 단편으로서는 최고봉이라 할 수 있다.

Read the Book!

- 김승옥 지음, 〈서울, 1964년 겨울〉, 《무진기행》, 민음사, 2007
- 찰스 디킨스 지음, 이은정 옮김, 〈크리스마스 캐럴〉, 《크리스마스 캐럴》, 펭귄클래식코리아, 2008

애써 찾아 읽지 않는
이야기로
배우는 것들

넓디 넓은 세계이건만, 우리가 접할 수 있는 문학은 여전히 영미 문학에 편중되어 있다. 최근 들어 라틴 아메리카나 아프리카 소설들이 소개되고는 있지만 여전히 극소수이고 유럽의 작품들도 아직은 특정 몇몇 나라들 위주다. 네덜란드나 아이슬란드, 크로아티아 작가의 작품을 언급했을 때 바로 떠오르는 것이 있다면 문학적 다양성에 있어 그 내공이 상당한 사람일 것이다.

아시아 문학의 경우는 더 심각하다. 5대양 6대주를 기준으로 가장 넓은 지역이자 가장 많은 사람들이 살고 있는 곳이 아시아임에도 국내에 소개된 아시아 문학은 중국 문학과 일본 문학이 거의 전부다. 이름부터 다소 생소한 나라들은 차치하더라도 우리에게 익숙한 태국, 베트남조차도 가이드북이 아닌 문학으로는 만나기 어렵다. 그 이유를 생각해보면 역시 문학은 생활 위에서 나오는 것이기 때문 아닐까. 태국이나 베트남이 우리에게 친숙하긴 하지만 그건 여행지로서일 뿐, 생활에 있어서는 어쩌면 그 반대일지 모른다. '여행은 살아보는 것'이라고 아무리 외친다 한들, 이런 동네에서는 살아보는 것조차 현지인들이 사는 것과는 차이가 클 수밖에 없다. 돌아보면 태국과 베트남을 뻔질나게 여행한 나조차도 태국과 베트남에 대한 진짜 기억은 없는 것이나 마찬가지다. 내가 경험한 태국과 베트남은 그 동네 사람들의 세상과는 완전히 다른 세상이었으리라.

내가 단편 덕후여서가 하는 말이 아니라, 애써 찾아 읽지 않는 삶에 대한 이야기들을 만나는 데에도 역시 단편이, 더 정확히는 '단편집'이 아주 좋다. 한 권의 책을 통해 다양한 작가들(하지만 지역과 문화라는 공통 분모로 묶인)의 다양한 이야기를 가성비 있게 접해볼 수 있고, 이런 활동을 통해 그 지역에 대해 막연하게나마 어떤 인상을 그려볼 수 있어서다. 한 사람의 입에서 나온 이야기 하나로 그 동네에 대한 인상을 그리는 것보다는 열 사람의 입에서 나온 열 개의 이야기를 바탕으로 하는 것이 당연히 좀 나을 테니, 이 역시도 단편집의 강점일 수 있다. 우리가 모르는 세계, (좀 더 노골적으로 표현하자면) 팔리지 않는 세계를 알기 위해 그간 내가 찾아 읽은 단편집들은 인도, 터키, 싱가포르, 베트남, 태국, 필리핀, 대만 작가들의 작품으로 구성된 《아시아 단편선》과 아르헨티나, 우루과이, 니카라과, 칠레, 멕시코 작가들의 《라틴 아메리카 환상 문학선》, 알제리, 바레인, 리비아, 예멘, 이집트, 튀니지, 요르단, 이라크, 시리아까지 총 9개 나라의 젊은 작가들이 쓴 단편 모음인 《아랍 단편소설선》 등이 있다.

앞서 이야기는 무조건 재미가 있어야 한다고 수차례 외친 것과 다소 상충할 수 있는데 이런 단편들은 보여주는 세계 자체가 낯설기 때문에 어쩌면 읽는 일 자체가 고행일 수 있다. 인물의 이름과 배경이 되는 지명부터 이야기에서 등장하는 소재들, 그 동네의 문화적 배경이나 벌어지는 사건들 하나하나까지 전부 생소하여 몰입이 힘들 수 있고, 내가 그 동네에 대해 막연하게 가지고 있던 이미지보다 이런 단편들을 통해 새롭게 받은 인상이 더 부정적일 수도 있어 '역시 현실은 더 시궁창'임을 실감하며 심적으로 고통스러워질 수도 있다.

그럼에도 《아랍 단편소설선》을 읽은 것은 내게 꽤나 의미 있는 일이었다. 이 책에 담긴 갈등 요소들은 종교, 성별, 직업, 가난, 신분, 정치 성향, 지역 등 무척 다양한데, 나는 이런 갈등 요소들이 한마디로 일목요연하게 정리하기 힘든 인류의 비극이라 생각한다. 이런 비극을 몰라도 되는 세상에서 살 수 있다면 가장 좋겠지만 그럴 일은 요원하니, 불안한 세상에서 복잡한 감정과 상황에 대처하는 법, 그리고 그 안에서도 삶을 지속해나갈 이유와 일상의 가치를 찾는 방법을 단편을 통해 연습하는 쪽이 세상을 살아가는 데 조금 더 현명한 방식이라 믿기 때문이다.

그중에서도 리비아 출생인 나지와 빈샤트완(Najwa Bshatwan)의 〈물웅덩이와 피아노(The Pools and the Piano)〉라는 단편은 여러 갈등 요소들이 뒤섞여 꽉꽉 눌러 담긴 이야기였다. 외부에서 유입된 이데올로기를 파괴시키기 위한 문화혁명을 주창하던 카다피 독재정권하, 국가 주도적으로 모든 외국서적을 불태우는 일이 1986년 리비아 전역에서 벌어졌는데 이 일을 초등학생의 시각에서 바라본 내용이다. 이 이야기 속 아이들은 모든 외국서적을 학교 운동장에 끌어내 불태우는 일과 잔해 청소를 포함한 뒤처리에 동원된다. 외국서적 외에도 카다피 독재정권은 외국의 모든 것을 금지했다. 여성들이 리비아 전통 복장인 질밥 아래에 서양식 바지를 입는 것이 금지되면서 강간 범죄가 늘었다는 아이의 증언은, 여성의 옷차림이 성범죄의 원인이 될 수 있다는 전제가 사회 전반에 깔려 있어야만 나올 수 있는 발언이라는 점에서 사뭇 소름이 끼친다.

외국 문화를 배척하는 행위에 기꺼이 가담한 아이들은 본인들끼리도 출신 국적을 따진다. 늪 요정에 대한 민담을 두고 케냐 출신, 수단 출신 아이들 간에 싸움이 벌어지기도 하고, 주인공 소년 역시 엄마가 모로코 출신이기 때문에 리비아 내 주요 공동체에 완전히 받아들여지지 못하는 것 같다는 모멸감을 느낀다. 그러나 곧 어머니가 만들어준 집밥을 먹으며 마음의 허기를 달래는데, 소년은 그 집밥이 모로코 음식이 아닌 리비아 음식임을 강조한다.

하지만 극단적인 배척과 파괴, 폭력 위에서 과연 어떤 생명이 싹틀 수 있을까? 책을 태우는 과정에서 발생한 유독가스에 질식되어 누군가는 구급차에 실려가고 돌아오지 못한다. 서양 문화를 상징한다는 이유로 아이들은 학교의 피아노마저 몽둥이로 때려 부수고 불태우는데, 피아노가 불타며 나는 소리는 마치 리비아인들의 비명 소리처럼 들린다.

인간은 경험을 통해 성장한다. 한 살 한 살 나이를 먹어갈수록 '짬바'라는 말이 괜히 있는 게 아님을 여실히 느낀다. 하지만 한정된 시간과 자원, 그리고 위험을 무릅쓴 채 모든 것을 직접 경험하고 부딪히고 넘어지며 배울 수는 없다. 특히나 직접 경험이 수박 겉핥는 식의 여행처럼 피상적인 것에 그치게 될 때는 책을 통한 간접 경험이 더 나은 대안이 될 수도 있다. 직접 가서 보고 듣고 경험하는 것보다 때로는 책이 더 깊고 넓은 경험을 가능하게 해주는 것이다. 나는 아랍 세계의 단편들을 통해 알라딘의 마술 램프나 하늘을 나는 카펫 정도로만 내 머릿속에 두루뭉실하게 들어 있던 이미지 뒷편에, 나처럼 울고 웃는 사람들이 있음을, 그리고 억압이 있는 곳에는 반드시 저항이 있다는 당연한 진리를 새삼 실감할 수 있었다.

단편의 가치 중 하나는 이런 다양성에 있다. 누구나 쓸 수 있고 어디선가 이미 들어본 듯 기시감 드는 이야기에 나의 노력과 시간을 허비하지 않겠다는 이야기가 아니다. 세상에는 내가 모르는 삶이 있고 이야기가 있다. 사람들에게는 저마다 나름의 사연이 있다. 이 사실을 받아들일 때 사람은 한 번 더 겸손해질 수 있다. 때문에 애써 찾아 읽지 않는 삶, 애써 찾아 읽지 않는 이야기를 찾아 읽는 마음이야말로 오래도록 책을 읽어왔고 앞으로도 읽어나갈 사람이 소중히 여겨야 하는 것이 아닌가 생각한다.

Read the Book!

나지와 빈샤트완 외 지음, 조애리 옮김, 〈물웅덩이와 피아노〉, 《아랍 단편소설선》, 글누림, 2011

계절에 맞는
단편 읽기,
여름편

여름의 색깔은 겨울보다 다양하다. 초록이 이리도 다양할 수 있나? 싶게 버라이어티한 초록의 향연과 함께하는 청량한 여름과 작열하는 태양 아래 녹아내릴 듯 무더운 여름이 공존한다. 자연의 힘을 새삼 실감하는 장마와 태풍도 빼놓을 수 없다. 갑자기 웬 여름 이야기냐 물으신다면, 겨울에 어울리는 단편을 소개했으니 내친 김에 여름에 어울리는 단편도 소개해볼까 해서다.

황정은 작가의 〈상류엔 맹금류〉는 징글징글한 여름을 이야기한다. 이 작품은 '길 위로 나온 것들을 모조리 끝장내버릴 것처럼 무더운' 여름날의 수목원을 배경으로 한다.

가만히 있어도 땀이 줄줄 흐를 만큼 끔찍하게 더운 여름날의 정오, 부러 수목원까지 찾아와서도 굳이 검은 물이 흐르는 계곡 옆에 돗자리를 펼치고 그 물로 입을 헹구며 바리바리 싸온 도시락을 먹는, 평생에 걸쳐 선량하게 살아왔지만 무능한 부모. 그런데 계곡 상류에는 맹금류 축사가 있다. 즉, 계곡물은 모두 맹금류 똥물이었던 것. 무더운 여름과 맹금류 똥물이 만나는 순간, 이 이야기는 엄청난 악취를 풍기며 급격히 장르가 바뀐다. 여름은 모든 것이 더 잘 상하고, 잘 썩고, 벌레도 더 들끓고, 같은 냄새도 더 지독하게 느껴지는 계절이 아닌가. 그 와중에 다친 다리를 절면서 도시락과 돗자리와 기타 등등의 잡동사니들로 가득 찬 카트를 끌고 땀을 쏟으며 수목원의 울퉁불퉁하고 가파른 산길을 오르는 아들 '제희'의 모습을 머릿속으로 그려보는 것만으로도 "더워!" 소리가 절로 나온다.

지난여름에는 '3일 빼고 전부 비'라는 일기 예보가 화재였다. 기상청이 그런 보도를 한 적 없다고 상황을 정리하면서 가짜 뉴스임이 판명되었지만, '여름' 하면 떠오르는 대표적인 이미지에는 무더위와 함께 어김없이 장마도 포함된다. 김애란 작가의 단편 〈물 속 골리앗〉은 장마를 빼고는 이야기할 수 없는 작품이다. 이 이야기는 처음부터 끝까지 단 한 순간도 비가 그치지 않고 계속 내린다. 이야기 전체가 엄청난 빗물, 세상의 온갖 오물이 다 쓸어 담긴 흙탕물로 가득 차 있다.

> 장마는 지속되고 수박은 맛없어진다. 여름이니까 그럴 수 있다. 전에도 이런 날이 있었다. 태양 아래, 잘 익은 단감처럼 단단했던 지구가 당도를 잃고 물러지던 날들이.

신도시의 아파트 건설 현장직으로 일하던 소년의 아버지는 높이 40m의 타워 크레인 위에서 체불 임금 시위를 벌이다 실족했다. 아버지의 부고와 함께 장마가 시작됐다. 비는 '지구가 정신병에 걸린 걸지도' 싶을 만큼 계속 쏟아지고 마을은 모두 물에 잠긴다. 재개발이 결정되어 철거 예정인 오래된 아파트에 홀로 남아 있던 소년과 병든 어머니는 전기와 물, 가스가 끊긴 채 집 안에 고립된다. 물이 턱 끝까지 차오른 가운데 어머니가 사망하자, 소년은 화장실 문짝을 뜯어 만든 어설픈 뗏목에 어머니의 시신을 싣고 망망대해로 빠져나와 홀로 사투를 벌인다.

〈물 속 골리앗〉은 몇 개의 문장으로 간단하게 요약하기 힘든 소설이다. 그저 여름이어서 장마가 왔고 그로 인해 삶의 현장은 너무 쉽게 재난의 현장이 되어버린다. 거목을 꺾어버릴 정도로 강한 비바람과 바닥이 보이지 않는 시커먼 물, 젖은 몸이 야기하는 저체온증으로 인한 추위와 배고픔, 사방이 물임에도 마실 수 있는 물이 없어 목이 타는 상황, 육지가 어디인지 가늠조차할 수 없는 흙탕물 위에서의 표류 등, 이 단편에서 보여주는 여름의 인상은 모두가 강렬하고 충격적이다. 하지만 정말 충격적인 지점은 아무도 그들을 구하러 오지 않았다는 지점이 아닐까 싶다. 그들은 그렇게 세상에서 잊힌 사람들이 되어버린 것이다.

> 우리는 그저 기다리는 수밖에 없었다. 장마가 끝나기를. 혹은 나쁜 일이 생기기 전에 구조대가 오기를. 세상에 적어도 한두 명은 이곳 철거 아파트에 사람이 산다는 걸 기억하리라 믿었다. 나가라고 그렇게 난리를 피웠는데 잊었을 리가 없었다.

앞서 문해력에 대한 이야기를 여러 꼭지에서 나눠 풀었다. 그런데 이쯤에서 한번 생각해볼 부분이 있다. 다들 문해력, 문해력 하는데, 대체 문해력이 왜 필요한 걸까? 많은 이들이 문해력을 '높은 학업성취도를 내어 좋은 성적을 받고 좋은 학교에 진학하고, 업무도 능률적으로 잘할 수 있게 하는 기본 바탕'이라는 시각에서 해석하곤 하지만 사실 문해력의 본질은 '글을 통한 원활한 소통'에 있다. 글은 그렇다 치고, 그럼 소통은 대체 왜 필요할까? 궁극적으로 소통은 서로를 이해하기 위한 일이다. 우리가 서로를 이해할 수 있게 되어야 서로 양해를 구하고 도움을 주고받는 일, 나아가 연대와 공존 또한 가능해지는 것이다.

흔히 책은 자기계발을 위한 것이라고 한다. 물론 나 역시 그렇게 생각한다. 그런데 지금의 자기계발은 대개 돈줄과 닿아 있다. 자기계발이 곧 부업이고 그 파이프라인은 실질적이고 금전적인 무언가에 가닿아야만 한다는 믿음이 팽배하다. 시중에 나와 있는 수많은 자기계발서들은 대개 이런 전제에서 시작한다. 내 몸값을 올리기 위해 꼭 읽어야 할 책, 몇 년 내로 몇 억을 만들기 위해서 꼭 읽어야 할 책 같은 것들이 대표적이다. 성장이란 결국 내 통장에 꽂히는 돈으로 증명되는 시대인 것이다. 이런 관점에서 단편은, 그리고 문학은 아무런 가치도 인정받지 못할 수밖에 없다.

그러나 우리는 저마다의 방식과 저마다의 속도로 성장한다. 매사 돈돈거리고 사는 게 지겨워 조금 다른 결의 성장과 자기계발 이야기를 해보고 싶은 입장에서 말해보자면, 책의 본분은 문제를 제기하고 질문을 하는 것이다. 책을 읽는 사람들이 주지해야 할 지점은 여기에 있다.

부자가 되는 비법을 알려주는 것은 굳이 책이 하지 않아도 될 일이다. 책으로 부자가 되는 비법을 알고 싶어 하는 이들을 비하하는 것은 아니다. 다만 이런 일들은 책보다 다른 플랫폼이 더 효과적으로 할 수 있다고 생각한다. 하지만 문제를 제기하고 질문을 던지는 데 나는 여지껏 책보다 더 효과적인 플랫폼을 경험한 적 없다.

내가 생각하는 자기계발은 결국 '좋은 사람'이 되는 것이다. '좋은 사람'이 구체적으로 어떤 사람인지는 각자의 기준에 따라 조금씩 차이가 있겠지만, 그럼에도 좋은 사람이란 연대와 공존을 빼고 성립될 수는 없는 개념일 것이다. 나는 좋은 사람들이 모여 의미 있는 질문을 던지고, 그 질문에 대한 답을 함께 찾아가면서 세상이 지금보다 더 좋은 곳이 되었으면 좋겠다. 그 첫 발자국에 책이 있고, 문학이 있고, 단편이 있었으면, 문해력을 바탕으로 그것들을 읽어내는 사람들이 있었으면 좋겠다.

Read the Book!

- 황정은 지음, 〈상류엔 맹금류〉, 《2014 제5회 젊은작가상 수상작품집》, 문학동네, 2014
- 김애란 지음, 〈물 속 골리앗〉, 《2011 제2회 젊은작가상 수상작품집》, 문학동네, 2011

오늘의
큐레이션,
음식

단편을 읽고자 하면 대개는 묶음으로 만날 수 있다. 단편의 묶음은 단편집, 단편선 등 다양한 이름으로 불리고, 요즘은 앤솔로지(anthology)라는 명칭도 제법 많이 쓰는 것 같다. 이름이 뭐든 여러 이야기가 하나의 묶음으로 묶였다면 거기엔 공통점이 있다는 뜻이다. 그 공통분모는 작가일 수도, 집필된 시대나 장소일 수도, 장르일 수도, 소재일 수도 있고 그 외에 내가 일일이 다 언급하지 못할 만큼 다양한 근거가 있을 수 있다. 어쩌면 뭐가 됐든 상관없을 수도 있다.

하나의 주제를 가지고 관련된 묶음을 만드는 것을 보통 큐레이션(curation)이라 칭한다. 미술 전시의 경우에는 큐레이션에 승패가 달려 있다고 해도 과언이 아니기 때문에 그 쪽 업계에서 주로 쓰는 용어이긴 하지만 출판 시장에서도 큐레이션의 중요성은 두말하면 잔소리다. 독자의 입장에서 같은 이야기를 읽더라도 어떤 이야기와 함께 읽었는지에 따라 받는 인상에 차이가 크기 때문이다. 개인적으로는 단편 읽기의 재미에서 다양성을 빼놓을 수 없다고 생각하는지라 특정 작가의 단편 모음보다는 여러 작가들의 단편이 한 권에 묶인 쪽을 조금 더 선호하는 쪽이다. 쉽게 말해 애프터눈티 세트 마냥 3단 트레이에 여러 가지를 담아 한 방에 만나고 싶은 것이다. 하지만 어떤 단편을 어떤 형식으로 만났든지 그간 내 안에 쌓인 단편이 많다면 내 안에서 절로 큐레이션이 되기도 한다. 그런 의미에서 오늘은 특정한 소재로 묶을 수 있을 법한 단편들에 대해 이야기해보고 싶다. 그 소재는 '음식'으로 하겠다.

딱히 식탐이 있는 편은 아니라고 생각하는데, 그럼에도 이야기 속에 등장하는 음식들이 궁금해질 때가 종종 있다. 누군가는 '먹어봐야 이미 다 아는 맛'이라 했지만 책 속엔 어찌나 모르는 맛이 즐비한지! 문자 속에 갇힌 감각적 묘사들이 음식을 향할 때, 그 호기심은 배가 되는 것 같다. 아주 어릴 적 읽었던 〈헨젤과 그레텔〉 속 마녀의 과자집, 꼬마 삼보를 잡아먹으려던 호랑이들이 나무 아래를 빙글빙글 돌다가 뜨거운 햇살에 녹아서 버터가 되어버린 후 그 버터로 구운 팬케이크, 〈운수 좋은 날〉의 설렁탕 같은 것들이 여전히 강렬한 이미지로 내 안에 남아 있는 것을 보면 정말 그렇다. 식욕은 원초적인 것이고, 뭔가를 먹는 행위는 내가 나 자신에게 줄 수 있는 가장 즉각적이고 효과적인 보상이기도 하니 그에 대한 관심을 어찌 거스를 수 있으랴. 마찬가지로 음식을 맛깔나게 활용한 단편들 또한 읽는 재미가 쏠쏠하다.

아는 맛은 아는 맛이어서 현실감 있게 와닿고, 모르는 맛은 모르는 맛이어서 호기심이 발동한다.

짧은 분량으로 인해 단편에서 음식들은 대개 하나의 소품이나 분위기 메이커처럼 슬쩍 등장하곤 한다. 중학생 시절 국어 교과서에서 만났던, 제 분수를 모르고 허영을 부리다가 끝내 패가망신하고 말았다는(지금의 나는 결코 이 메시지에 동의하지 않는다.) 기 드 모파상(Guy de Maupassant, 1850~1893)의 〈목걸이(La Parure)〉를 최근에 다시 읽으며 내 눈에 들어온 것은 바로 '포토푀'였다.

사흘째 빨지 못한 식탁보가 덮인 둥근 식탁 앞에 앉았을 때 맞은편의 남편이 수프 그릇 뚜껑을 열면서 "아, 맛있는 포토푀로군! 이거보다 더 좋은 건 없지"라고 기쁜 목소리로 외칠 때, 마틸드는 멋진 그릇에 담겨 나오는 맛 좋은 요리, 잉어의 분홍빛 살코기나 맛있는 들꿩고기를 먹으며 스핑크스의 미소와 함께 우아하게 오가는 대화를 상상한다. 마틸드는 그런 여자다. 포토푀가 아닌 다른 음식을 상상하는 마틸드의 바람은 정녕 제 분수를 모르는 허영일 뿐인 걸까? 하지만 제 분수를 안다는 것은 대체 무엇일까? 〈목걸이〉에서 마틸드는 '가난한 월급쟁이를 가장으로 둔 집안에 운명의 신이 잘못 판단해 태어나게 했다고 생각할 수밖에 없을 정도로 세련되고 아름다운 여자'로 묘사된다. 타고난 섬세함과 본능적인 우아함을 지닌 여자, 그녀는 상류층 사교계에 잘 처신할 센스와 매력이 있지만 가난한 공무원인 남편을 만나 그런 기회를 얻지 못하고 가난하게 산다. 그 시절 여자의 일생이란 그저 남자의 일생에 달린 것이었기 때문이다.

포토푀는 간단히 말해 고기와 야채를 전부 때려넣고 끓인 대표적인 가정식 스튜라고 볼 수 있다. 우리 식으로 말하자면 된장찌개와 같은 음식이랄까? 하지만 포토푀가 뭔지 몰라도 연이어 등장하는 마틸드의 상상 속 음식과 비교했을 때, 무척 서민적인 음식일 것이라는 유추는 충분히 가능하다. '잘 먹고 잘 살아라'라는 관용구처럼 잘 사는 것에는 잘 먹는 것이 항상 전제로 깔린다. 이제 '잘 먹는다'는 것은 단순히 양을 논하는 것을 넘어 더 좋고 귀한 것을 먹는다는 의미가 되었다. 제대로 끓인 포토푀는 정말 맛있고, 재벌이라고 해서 된장찌개를 먹지 않을 리는 없겠지만 여기서의 포토푀는 마틸드의 현실이 시궁창임을 알리는 장치로 쓰인 것이다.

〈목걸이〉에서의 포토푀는 그렇게 슬쩍 언급되는 수준으

로 지나가고 말았지만, 단편 안에서 음식에 대해 구체적이고 군침 도는, 때로는 괴이한 묘사가 줄줄이 이어지는 경우가 없지는 않다. 단편이라는 짧은 분량 안에서 다른 부분을 희생시키면서까지 음식에 대한 묘사가 길어진다는 것은 그 음식 혹은 그 음식이 등장한 장면에 작가의 의도가 담뿍 담겨 있겠거니 하고 눈치껏 때려맞출 수 있다.

에드거 앨런 포의 〈타르 박사와 페더 교수의 치료법(The System of Doctor Tarr and Professor Fether)〉 속 만찬은 기괴하고도 기괴한데, 그 묘사가 몹시도 생생해 마치 내가 그 테이블에 합석하고 있는 것만 같다. 파리의 의과대학 출신인 '나'는 프로방스 여행 중, 정신병을 치료하는 혁명적인 방법인 '진정 치료법'을 알아보고자 한 정신병원에 들른다. '나'는 병원 관리인 마이야르를 만나 진정 치료법에 대한 설명을 듣고 병원을 견학한 후, 블루테 소스(송아지 고기, 닭고기, 생선 등의 국물을 섞어 만든 화이트 소스)를 곁들인 꽃양배추와 생트므누식 송아지 요리에 클로 드 부조(부르고뉴산 포도주)를 한 잔 곁들이자는 제안에 따라 의료진들과의 저녁 만찬에 합석하는데 이때부터 상황이 이상하게 돌아가기 시작한다.

> 상차림은 최고 수준이었다. 음식이 가득했고 산해진미는 넘쳐났다. 그 사치스러움이 미개하다 느껴질 정도였다. 거인의 배를 채우고도 남을 만큼 육류가 많았다. 지금까지 살면서 목격한 적 없는 사치품의 사치스러운 소비였다.(…)
> 건장한 하인 셋이 거대한 접시인지 쟁반인지를 식탁 위에 무사히 안착시키는 데 성공했는데 내가 보기에는 그 안에 '지독하게 끔찍한 덩치 큰 눈먼 괴물'이 들어 있는 듯 했다. 가만히 들여다보니 입에 사과를 물고 무릎을 꿇은 채 통째로 구운 작은 송아지였는데 영국에서는 산토끼를 손질하는 방식이었다.

기괴한 음식이 놓인 상 앞에서 의료진들은 환자들에 대해 더 기괴한 이야기를 늘어놓는다. 자신이 코르도바 치즈라고 우기며 칼로 자기 종아리를 떼어내어 먹어보라고 권하던 환자, 스스로를 샴페인이라 생각해 매일 펑, 쏴 하는 소리를 내고 다닌 환자, 자기가 호박이라는 생각에 사로잡혀 자기를 파이로 만들어달라고 요리사를 들들 볶은 환자 등….

'나'의 불편함과 의혹이 점점 커지는 가운데 마이야르는 이 병원은 더 이상 진정 치료법을 사용하지 않으며 타르 박사와 페더 교수의 가르침에 따라 훨씬 더 엄격하고 철저한 치료법을 사용하고 있다고 말한다. 진정 치료법으로 인해 너무 많은 자유를 부여받은 환자들이 의료진들을 모두 감금하고 본인들이 의료진 노릇을 하려고 했기 때문이라는 설명과 함께. 그리고 그 순간 엄청난 소동이 벌어진다!

누군가를 위해 정성껏 준비한, 이야기 속 식탁에서 우리는 온기와 다정함을 느끼고 쉽게 해피엔딩을 기대할지도 모른다. 하지만 꼭 해피엔딩이 아니어도 상관없다. 이야기와 음식이 사람들에게 어떻게 생기를 불어넣는지, 어떻게 우리의 마음에 양식이 되는지 이번에 소개한 단편들을 통해 미약하나마 감을 잡을 수 있었다면 그것으로 족하다. 때로는 그렇게 우연히 만난 음식들로 저녁 메뉴를 해결할 수도 있을 테니 이 또한 기쁜 일이다. 저녁엔 냉장고 속에서 시들어가는 야채들을 모두 털어 포토푀를 끓여봐야겠다.

Read the Book!

- 기 드 모파상 지음, 최정수 옮김, 〈목걸이〉, 《기 드 모파상》, 현대문학, 2014
- 에드가 앨런 포 지음, 바른번역 옮김, 〈타르 박사와 페더 교수의 치료법〉, 《에드거 앨런 포 소설 전집 4 : 풍자편》, 코너스톤, 2015

커피와 걸작,
다르게
읽기

나는 주로 자투리 시간에 간신히 짬을 내어 책을 읽는 편이라, 미리 먹을거리를 준비해두고 책과 함께하는 일은 거의 없다. 다만 버스나 지하철을 기다리는 정도 그 이상의 시간이 난다면 바로 근처 가장 가까운 카페로 달려들어가 책을 펼치기 때문에 커피 정도는 곁에 둘 때가 있다. 이럴 땐 무조건 최대한 빨리 나오는 메뉴로 주문해야 한다. 바로 에스프레소 혹은 아메리카노다. 에스프레소라면 두 모금 내지 세 모금이면 다 털어먹을 수 있어, 후딱 해치우고 빈 잔을 앞에 둔 채 책을 펼친다. 이쯤 되면 책과 함께 한다기보다는 카페에 엉덩이를 붙이는 자리값 정도다. 상대적으로 아메리카노는 좀 더 홀짝거릴 수 있다.

두말할 필요도 없이 책과 커피는 참 잘 어울리는 조합이다. 둘은 '보기 좋은 그림' 그 이상이다. 커피 속 카페인은 맑은 정신으로 책의 내용에 더 집중할 수 있게 하고, 코끝에서 맴도는 향긋한 커피 내음에 책의 내용을 받아들이는 마음 가짐 자체도 평소보다 더 열리는 기분이 든다. 크게 거슬리지 않을 정도의 적당한 백색 소음과 편안한 의자까지 함께라면 잠시나마 책 속에 몰입하기에 더할 나위가 없다. 단, 책과 함께 하는 커피는 언제나 적당해야 한다. 커피 장인이

혼신의 힘을 다해 내린 신의 물방울 같은 커피라면 커피에 단연 관심이 쏠려 책은 뒷전이 될 수밖에 없다. 반대로 커피가 고약한 흙탕물이어도 마찬가지다. 책과 함께하는 커피는 언제나 책에 몰입하는 일을 방해하지 않을 정도의 적당한 맛, 적당한 향, 적당한 온도여야 한다.

많은 소설가들이 커피를 사랑해 마지않았지만 그중 최고봉은 오노레 드 발자크(Honoré de Balzac, 1799~1850)일 것이다. 발자크는 평생 5만 잔의 커피를 마셨다고 알려져 있다. 막대한 빚을 평생에 걸친 '문학 노동'으로 갚아야 했던 그는 하루에 14시간씩 기계마냥 죽는 날까지 글을 썼다. 발자크는 90편의 장편과 중편, 30편의 단편, 5편의 희곡을 썼고 이 작품들 중 다수를 망라하여 〈인간희극(La Comédie humaine)〉이라는 전집으로 묶었는데 〈인간희극〉에는 무려 2,400여 명의 인물이 등장해 아예 하나의 유니버스를 이루는 수준이다. 이런 엄청난 작업을 해낼 수 있게 한 원동력은 바로 하루 50잔에 달하는 커피였다.

많은 경우, 단편은 하나의 서사나 장면을 담지만 때로는 다른 것에 더 집중하기도 한다. 발자크의 단편 〈미지의 걸작(Le chefd'œuvre inconnu)〉은 나름 극적인 이야기의 형식을 하고 있는데 이는 발자크 본인의 해박한 미술 지식과 미학적 가치관을 정교하게 드러내기 위한 일종의 장치라 할 수 있다. 이 작품에서 '이야기'는 그저 거들 뿐이다. 이 작품은 발자크가 얼마나 회화를 좋아하고 회화에 대해 깊이 연구했는지를 단번에 알게 한다. 발자크는 등장인물들의 입을 빌어 17세기 고전주의부터 18세기의 낭만주의, 19세기의 인상주의까지 아우르는 여러 화풍과 특징들을 줄줄이 묘사하기도 한다. 특히 선과 색, 형태와 본질을 두고 '완벽함이란 무엇인가'에 대해 벌이는 등장인물들 간의 격론은 미술사 그 자체이기도 하다. 이렇게 말하고 보니 마치 딱딱한 미술평론 같은 글이라는 느낌이 드는 것도 같은데 오르락내리락이 있는 이야기라 재미도 있다. 뭐가 됐든 〈미지의 걸작〉은 앞서 소개했던 작품들과는 글의 색깔 자체가 다르기에 우리가 여태껏 추구해왔던 관점과 조금 다른 관점으로 읽어볼 만한 작품이다.

이 이야기는 허구지만 이 이야기에 등장하는 인물들, 그리고 이 인물들의 입을 통해 대사 속에서 간접적으로 등장하는 인물들은 모두 실존 인물들이다. 〈미지의 걸작〉 안에는 우리가 학창 시절 미술 교과서에서 보고 듣고 달달 외웠던 이름들이 줄줄이 등장한다. 주요 등장인물인 포르뷔스와 푸생이 그렇고 루벤스, 렘브란트, 홀바인, 티치아노, 뒤러, 베로네세, 라파엘로, 마뷔즈, 조르조네, 코레주, 미켈란젤로가 그렇다. 예사롭지 않은 기운을 지닌 노인 프렌호퍼만 허구의 인물이다.

발자크는 프렌호퍼를 통해 '예술의 임무는 자연을 모방하는 것이 아니라 표현하는 것이고 예술가는 비루한 모방자가 아니라 시인'이어야 한다는 견해를 아주 강력하게 밝힌다. 예술이란 재현의 수준을 넘어 사물과 존재들의 정신과 영혼, 인상을 포착해 넘쳐 흐르는 충만함을 표현해야 하고, 무엇인지는 모르지만 아마도 영혼일 그것, 육체 위를 구름처럼 떠다니는 그것을 작품에 담아야 한다는 의견도 전한다.

하지만 프렌호퍼가 자신의 신념을 담아 10년 동안 작업해오고 있는 카트린 레스코의 초상화, 바로 그 '미지의 걸작'이 공개되는 순간 포르뷔스와 푸생이 마주한 것은 '수많은 이상한 선들에 짓눌리고 혼란스럽게 쌓인 색들'뿐이다. 아마 10년 동안 덧칠하고 또 덧칠하며 쌓이고 쌓인 수많은 색들 아래에 여자의 형상이 있겠거니 짐작만 할 뿐, 인상주의 작품이나 추상화와 비슷할 것도 같다. 장황하게 예술에 대한 철학을 늘어놓은 것에 반해 이 이야기의 결말은 심하다 싶게 허무하다. 자신의 그림 속에 아무것도 없다는 것을 깨달은 프렌호퍼는 그날 밤 모든 작품을 불태우고 사라진다.

앞서 소개한 단편들에서 주로 이야기 자체의 재미를 추구했다면 〈미지의 걸작〉에서는 그 이상의 것을 찾을 수 있다. 일차적으로는 이 이야기 안에 빼곡하게 눌러 담은 예술론에 대한 탐구와 토론, 이 이야기 속에 등장한 실존 인물들의 대표작에 대한 공부 등이 그렇다. 미술에 조예가 깊다면 프렌호퍼는 어떤 실존 인물과 매칭될 수 있을지에 대한 고민(들라크루아를 염두에 두고 만들어진 가상의 인물이라는 썰이 존재한다.)도 가능할 것 같다. 미술에 취미도 관심도 딱히 없다 해도 자신이 알고 있는 범위 안의 다른 예술이나 창작 행위에 대입해 이 이야기를 읽을 수도 있다. 화가를 꼭 화가로, 그림을 꼭 그림으로 읽을 필요는 없다. 화가를 소설가로, 그림을 소설로 바꿔 읽어도 〈미지의 걸작〉은 다분히 말이 된다. 모든 예술은 연결되어 있음을 실감하고, 그 연결고리를 찾는 일이 이 짧은 이야기를 통해 가능하다는 사실을 깨달을 수 있다면 이번 독서 또한 성공이라 할 수 있다.

'얼마나 실제와 비슷하게 그릴 수 있는가'라는 관점에서 본질과 의미를 구현하는 관점으로의 전환은 추상화로 가는 길이자 현대미술의 시작이라고도 볼 수 있다. 하지만 추상화든 현대미술이든 하나의 형식에 불과할 뿐, '세상에 존재하지 않는 걸작'을 남기고자 했던 프렌호퍼의 욕망과 열정은 시절과 장르에 상관없이 많은 이들이 여전히 갈구하는 것이니, 사람의 욕망은 대부분 유사하고 또 반복되는 모양이다. 인간의 본성과 한계를 담은 고전이 시대와 대륙을 뛰어넘을 수 있는 이유일 것이다.

> 이성이 있는 걸까, 미친 걸까? 그는 예술가의 환상에 사로잡혀 있는 걸까? 아니면, 그가 표현하는 생각들은 오랫동안 위대한 작품을 창작할 때 우리 안에 생기는 그 설명하기 힘든 광신으로부터 오는 걸까?

Read the Book!

오노레 드 발자크 지음, 김호영 옮김, 〈미지의 걸작〉, 《미지의 걸작》, 녹색광선, 2019

에필로그

단편을 읽는 일이란

단편을 읽는 일은 섬세하게 묘사된 삶의 단면에서 다채로운 표정을 발견하는 일임이 분명하다. 수많은 이야기 속의 주인공들은 녹록지 않은 삶을, 최선을 다해 충실하게 살아가다가 뜻밖의 반전을 마주하고 비로소 그에 감동한다. 우리의 삶이라고 무엇이 다를까.

여지껏 일곱 권의 책을 지은 것은 논외로 하더라도 나는 아주 어렸을 때부터 읽기와 쓰기를 계속해왔다. 오래전 얘기지만 대학에 진학할 때는 수 권의 독서 노트를 제출했다. 나는 아주 어렸을 때부터 공부를 잘하는 소위 똘똘한 학생이었는데 공부만 잘했다 뿐, 특별한 활동이나 수상 이력 같은 것은 없어서 덧붙인 유일한 자료가 이 독서 노트였다. 이 노트는 어른들이 나에게 만들라고 강요한 것도 아니었고 그저 스스로 재미로 썼던 것이었는데, 글을 쓰는 재미에 더불어 손글씨를 쓰는 재미(꽤 많은 사춘기 소녀들은 손글씨를 예쁘게 쓰고 꾸미는 것을 즐긴다.), 노트의 권수가 늘어나는 것을 내 눈으로 확인하는 재미 등이 복합적으로 작용했던 것 같다. 이 노트들이 과연 부가 점수로 작용했는지는 알 수 없지만 원하던 대학의 원하던 학과에 무사히 입학할 수 있었던 것은 사실이다. 아, 수능 언어 영역은 그닥 어렵지 않게 만점을 받았다.

돌아보면 부모님이 나의 문해력을 키워주기 위해 적극적인 노력을 했던 것 같지는 않다. 그 시절에는 문해력이라는 개념 자체가 생소했고 책 육아라는 말도 없었다. 지금은 너무나 당연하게 연상되는 독후 활동 같은 것도 전혀 몰랐던 세대였다. 다만 '책 많이 읽으면 똑똑해져'라는 믿음에 기반해 책을 계속 제공해줬던 것만큼은 분명하다. 모든 책을 다 살 수는 없는 형편이어서 때로는 누가 버린 것을 주워 오기도 했고 아는 사람을 통해 얻어 오기도 했고 책 대여점에서 빌려다 주기도 했다. 뭐가 됐든 나에게 있어 책 읽기는 너무나 당연하고 일상적인 것이어서 대입 준비로 바쁜 고3 시절에도 짬짬이 책을 읽었고, 대학에 가서도, 취업을 하고도, 아이를 낳고 육아를 하면서도 없는 시간을 쥐어짜며 계속 무언가를 읽었다. 나의 소중한 문해력을 절대 잃고 싶지 않다는 절박한 마음은 아니었다. 그저 내게는 읽는 일이 숨 쉬는 것처럼 당연했다.

그 덕인지 나는 읽어도 읽은 것 같지 않고 무슨 말인지 모르겠다는 기분을 느껴본 적이 한 번도 없었다. 최근 들어 문해력이 화두가 되었을 때도 남 이야기라고 치부하고 넘겨버렸던 것이 솔직한 심정이다. 그런데 코로나19 백신을 몇 번 접종하고 나서, 이른바 난독증 같은 증세가 난생처음 나타났다. 글을 읽어도 무슨 말인지 모르겠고 간신히 글씨를 해독하는 수준 그 이상도 이하도 아닌 상황이 되어버린 것이다. 이 증세는 대략 일주일 정도 지속됐는데 그동안은 책은 물론 간단한 업무 이메일을 해석하는 데에도 엄청난 에너지를 써야 했다.

일주일간 다시금 책 읽기를 배우는 심정으로 아주 쉽고 짧은 책부터 시작했다. 어차피 매일 아이의 그림책을 읽어주고 있어서 쉽고 짧은 문장을 소리 내어 읽는 연습이 절로 되었고 이후 조금씩 책의 난이도를 올렸다. 적절한 트레이닝과 함께 내 몸의 컨디션이 회복되며 다행히도 일주일 만에 난독증은 사라졌다.

읽어도 읽은 것 같지 않고 무슨 말인지 파악하기 힘든 경험을 하고 보니 이런 상황과 느낌이 얼마나 심각한지 구구절절 실감하게 되어 이 책을 쓰게 되었다고 하면 조금 우스울지도 모르겠다. 원래부터 그 심각성을 체감하지 못했다면 단순하게 말하고 읽고 쓰고도 그럭저럭 잘 살 수 있는데 뭐가 문제냐고 반문할 수도 있다. 하지만 문해력을 잃었다가 되찾은 경험을 해보니 그 심각성이 너무나도 와닿아서, 내가 가지고 있던 능력들이 당연한 것이 아님을, 그리고 읽는다는 것이 무엇인지를 다시금 돌아보게 되었다.

문해력은 부익부 빈익빈이 많이 작용하는 영역이다. 일단 한번 읽는 재미를 느끼면 어떻게든 그 곁을 맴돌며 계속 움켜쥐려 하기 때문에 계속 읽게 되고 문해력 또한 계속 발달한다. 그렇지 않을 경우, 그 격차는 점점 더 벌어질 수밖에 없다. 문해력을 기르기 위해서는 읽기 싫은 글이어도 억지로 꾸역꾸역 훈련하는 심정으로 읽어야 한다고 한다고 주장하는 이들도 있지만 나는 이런 의견에 동의하지 않는다. 재미가 있고 짤막해야 읽어내기가 쉽고 완독의 뿌듯함으로 읽기를 지속하기가 쉽다. 그래서 시작을 단편으로 하기를 권했던 것이다. 단편을 택한 또 다른 이유를 꼽아보자면,

그건 역시 내가 단편을 좋아하기 때문이다. 내가 가장 좋아하고, 그래서 내가 자신 있게 권할 수 있는 것을 선택했다.

단편은 우리의 일상과 가장 닮은 장르다. 사람들은 너무나 쉽게 인생을 한 편의 영화에 비유하곤 하나, 명확한 사건과 결말이 있는 영화와 달리 인생은 크고 작은 사건들이 연속하는 가운데 계속 이어진다. 때로는 사고에 가까운 아주 큰 사건, 때로는 사건이라 부르기도 민망한 소소한 해프닝 같은 것들이 시시때때로 발생한다. 때로는 그로 인해 충격을 받거나 뭔가를 깨닫거나 이전에는 보지 못했던 것을 보게 되기도 한다. 물론 아무 타격 없이 지나가는 날도 있을 것이다.

그러나 정말 중요한 것은 사건이나 깨달음 자체가 아닐 수도 있다. 삶의 본질은 뭐가 됐든 간에 계속 이어진다는 것이다. 지금 너무 행복해서 이대로 시간이 멈췄으면 좋겠다고 해도, 혹은 너무 괴로워서 전부 다 당장 끝장내버리고 싶더라도 내일은 반드시 온다. 따라서 인생은 영화보다 드라마, 드라마 중에서도 시즌제 드라마에 더 가깝고, 하나의 장편보다는 여러 단편을 연이어 읽는 쪽에 가깝다고 생각한다.

뭐가 됐든 단편을 그럭저럭 읽어낼 수 있게 된다면 장편도 두려울 것이 없다. 사실 단편은 상당 부분 시를 닮아 있기도 해, 독자에게 다소 불친절한 장르가 맞다. 그에 반해 장편은 상대적으로 훨씬 더 쉽고 친절하게 느껴진다. 단편을 읽어낼 수 있다면 비문학도 가능하다. 비문학은 어떤 현상이나 이론을 설명하거나, 어떤 의견을 내보여 독자를 설득하는 것이 목적이기 때문에 문장이 좀 더 간단하고 쉽다. 전문적인 용어나 개념이 다소 생소할 수 있다는 점만 제외한다면 글 자체는 거의 떠먹여주는 글에 가깝다.

나는 이 책을 쓰면서 내내 생텍쥐페리의 〈야간비행〉 속 주인공 라비에르의 말을 떠올렸다. 목표는 어쩌면 그 어떤 것도 정당화하지 못하며, 행동만이 우리를 구원해준다는 말을. 인생에는 해결책이 없고 다만 추진력만이 있어서 그저 계속해서 앞으로 나아갈 뿐이라고, 그러면 해결책은 뒤따라온다는 말을 몇 번이고 되새겼다. 문해력이라는 목표를 의식적으로 좇기 때문이 아니라, 읽는 일을 계속하면 문해력은 뒤따라오는 게 아닐까 하는 생각 때문이었다.

문해력을 목표로 삼아 억지로 읽어내는 대신, 많은 사람들이 읽는 재미를 알고 덩실덩실 신이 나서 절로 읽게 되었으면 좋겠다. 그리고 내가 앞서 조심스레 권한 작품들이 그 일을 도와줄 수 있다면 더할 나위 없이 기쁠 것이다.

나는 왜 제대로 못 읽을까

1판 1쇄 찍음 2024년 6월 21일
1판 1쇄 펴냄 2024년 6월 28일

지은이 나예(길정현)
펴낸이 신주현 이정희
디자인 Labi.D
마케팅 신보성
제작 (주)아트인

펴낸곳 미디어샘
출판등록 2009년 11월 11일 제311-2009-33호

주소 03345 서울시 은평구 통일로 856 메트로타워 1117호
전화 02) 355-3922
팩스 02) 6499-3922
전자우편 mdsam@mdsam.net

ISBN 978-89-6857-243-2 04810
978-89-6857-221-0 SET

www.mdsam.net